개구리소년 실종 사건 현장도

개구리소년들이
살던 집들
(반경 50m)

○○공단

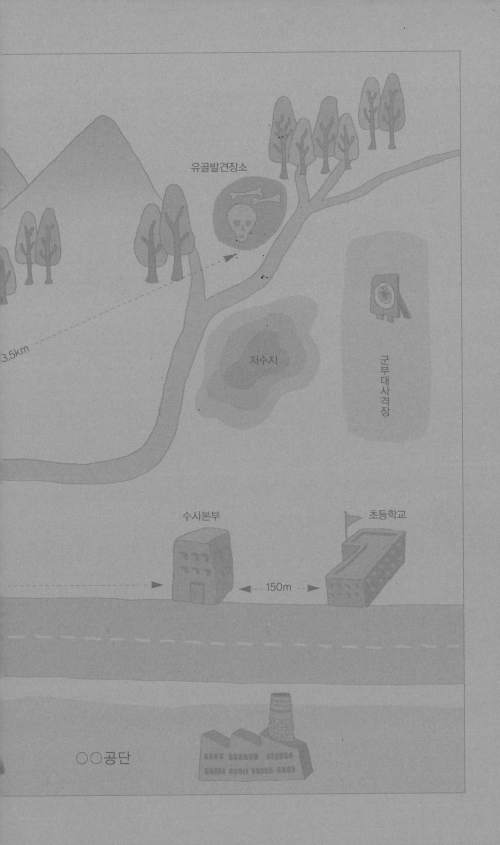

아이들은 산에 가지 않았다 2

국립중앙도서관 출판시도서목록(CIP)

아이들은 산에 가지 않았다 : 한 심리학자의 개구리소년 추적기 : 김가원 실
화소설. 2 / 김가원 지음. -- 서울 : 디오네, 2005
　ISBN 89-89903-80-7 04810 : \8800
　ISBN 89-89903-78-5(전2권)
813.6-KDC4
895.735-DDC21　　　　　　　　　CIP2005002227

아이들은 산에 가지 않았다 2

한 심리학자의 개구리소년 추적기

김가원 실화 소설

디오네

차례

1권

제13장

17초 동안의 침묵

그 사건에 대한 대략적인 윤곽을 파악했다고 판단한 나는 이제는 증거 확보에 매달려야 한다는 생각에 한동안 묶여 있었다. 과거에 있었던 어떤 상황을 의심 없이 믿을 수 있는 유일한 방법은 과학적 입증이다. 즉 누구도 부정할 수 없는 근거를 확보해야 한다는 생각이었다. 친구와 나는 우선 원본 테이프에 녹음된 대화를 들어가면서 단어와 단어 사이의 시간을 초시계로 쟀다. 1991년 5월 31일 오후 5시 반경에 성수로부터 걸려왔다는 전화 내용은 이랬다.

"여보세요" — (1초 경과) — "엄마" — (0.5초 경과) — "너 성수니?" — (1초 경과) — "응" — (1.5초 경과) — "어딘데?" — (17초 경과) — "철컥" (수화기 내려놓는 소리)

대략의 시간을 재고 나서 그때까지 알지 못했던 몇 가지 중요한 사실들을 알 수 있었다. 그것은 또 다른 미스터리의 시작에 다름 아니었다.

"전에 「사건 25시」에서 방송된 것과는 다르네. 7초가 아니라 무려 17초잖아?"

"17초는 엄청나게 긴 시간인데."

"그러니까."

"그렇다면 당시에 시청자들은 이 원본을 들었던 게 아니라 편집된 것을 들었다는 말이네."

"그렇지. 누가 그랬겠어?"

"방송국에서 그랬을지도 모르지. 기다리는 시간이 너무 길어서 10초를 잘라버렸을 수도 있지."

"하지만 만약 「사건 25시」 제작진에서 편집한 사실이 없다면 B씨가 편집했다고 생각할 수도 있잖아?"

"아무튼 둘 중에 하나겠지."

우리는 즉각 「사건 25시」에서 방송된 것과 원본에서의 마지막 대화인 '어딘데?' 이후의 차이를 도식으로 그리기 시작했다. 그 차이를 안다는 것은 매우 중요한 의미를 암시하고 있다. 독자들의 이해를 돕기 위해서 도표를 제시한다.

원본이라며 B씨로부터 받은 것

「사건 25시」에서 방송된 것

"이거 이상하지 않아?"

"그러네."

"방송국에서 편집했을 것 같지는 않아. 만약에 성수 어머니가 '어딘데?' 라고 묻고 나서 그 뒤의 기다리는 시간이 너무 길어서 잘라버렸다고 생각해 보자고."

"방송에서는 1초가 돈이니까."

"그렇지. 시간상으로 단축해서 아무데나 잘라버리면 될 텐데 왜 비프(Beep) 소리와 그 앞부분은 그대로 놔둔 채 뒷부분에서 10초를 빼버리고 마지막에 전화 끊어지는 소리를 연결해서 편집했을까? 이것은 상당한 노력이 의도적으로 들어간 게 확실해."

"그러게."

"그래야 할 어떤 이유가 있었을까?"

"모르지. 하지만 상식적으로는 아닌 것 같은데."

"갈수록 복잡해지네. 국과수에서는 편집된 것을 분석했을까, 아니면 이 원본을 분석했을까?"

"모르지."

"게다가 더욱 말이 안 되는 것은, 성수 어머니가 '어딘데?' 라고 묻고 나서 성수가 전화를 끊을 때까지 기다린 시간이 7초가 아니라 무려 17초란 말이야."

"그건 절대로 말이 안 돼."

"안 돼지! 그렇게 애타게 기다리던 아들의 목소리가 전화상으로 들렸는데, '어딘데?' 라고 묻고 나서 어떻게 17초 동안 아무런 말없이 수화기만 들고 있을 수가 있겠느냐고."

"그건 불가능해! 나도 그 점에 대해서는 자신 있어!"

"상식적으로 생각해도 우리가 예상할 수 있는 몇 가지 반응이 나오는 게 당연하잖아."

"그렇지."

"예를 들자면 '너 성수 맞니?' '너 지금 거기가 어디야?' '옆에 누구 있니?' 등등 어떤 말이 있어야 하지 않을까?"

"그렇지."

"그리고 상대방에서 응답이 없다고 생각해 봐."

"숨이 넘어가겠지."

"그렇지. '여보세요 우리 아이만 돌려보내 주세요' '아이만 보내주시면 뭐든지 다 드리겠습니다' 뭐 이런 식의 절박한 대화가 있어야 하는데 말이야."

"당연하지."

"그런데 어떻게 그 긴 17초 동안을 가만히, 성수가 전화를 끊을 때까지 수화기를 들고 있다가 자기도 그냥 수화기를 내려놓을 수가 있느냐 말이야."

"조작된 게 맞는 거 같아."

"그렇지 않고서는 이것을 어떻게 설명하겠나?"

"이 점에 대해서는 일단 자네 주장에 동의하네. 하지만 모든 가능성을 생각해서 하는 말인데….''

"지금 나한테 필요한 게 바로 그거야."

"이렇게 생각할 수는 없을까?"

"어떻게?"

"만약 성수 어머니가 아주 침착한 사람이라면."

"그래서?"

"숨을 죽이고 뒤에서 들리는 소리를 감지하려고 감정을 의도적으로 자제하면서 기다렸다고 생각할 수는 없을까?"

"……."

"애원을 한다고 해서 범인이 아이를 보내줄 리도 없을 테니까 어떤 정보를 얻을 목적으로 말이야. 예를 들자면 상대방 위치를 추정할 수 있는 배경음 같은 것을 감지하려고."

"그렇게 생각해 볼 수도 있지만 그렇다고 해도 전화가 끊어질 때까지?"

"그러게…."

"엄마가 잃어버린 아들의 목소리를 들었는데 그게 가능했을까?"

"음… 그건 아니야!"

"그 긴 시간을?"

"그러게. 어떻게 해도 이건 이해가 안 가."

"게다가 그렇게 침착하고 냉정했다면 왜 상대방 전화번호를 추적할 수 있는 단추는 누르지 못한 거야?"

"그러게."

"그렇게 볼 수 없지."

"좋아. 그럼 어떻게 그런 상황이 벌어졌을까?"

"나는 이렇게 생각해. 마지막 대화에서 '어딘데?' 라고 성수 어머니가 묻자 성수가 순간적으로 주문된 대답을 잊어버렸거나 아니면 하지 못했을 거라고 생각해. 그 상황에서 성수는 심리적으로 정상이 아니었을 테니까."

"미리 주문된 응답을 기다리고 있었단 말이지?"

"그렇지. 그 대답을 기다리고 있다가 시간이 너무 경과되자 전화를 끊지 않을 수 없었던 거야."

"기다리는 시간이 너무 길었기 때문에 그걸 그대로 내놓을 수가 없었을 거란 말이지? 누가 들어 봐도 의심할 수 있을 테니까. 그래서 그것을 편집하지 않을 수 없었던 거고."

"그렇지. 바로 그거야, 편집하지 않을 수 없었던 이유가."

"그럼 비프 소리 이전은 정확히 일치하는데 그 부분은?"

"B씨가 비프 소리 이전은 손을 댈 수가 없었어. 왜냐하면 비프 소리는 대화내용이 전화기를 통해서 녹음되고 있음을 일정한 시간 간격으로 알려주는 기계음이기 때문에 그것이 전화상으로 녹음된 것이라는 근거를 남겨야 하니까 말이야. 그 비프 소리와 그 소리 앞부분은 절대로 손을 댈 수가 없는 거지. 만약에 그 앞부분이 시간상으로 이상이 있다면 그것은 치명적일 수가 있거든."

"왜?"

"비프 소리가 빠지게 되면 전화기를 통해서 녹음된 게 아니라는 명백한 증거가 되잖아."

"그래서 비프 소리 이후의 10초만을 자를 수밖에 없었다?"

"그렇지. 방송국에서 이렇게 복잡한 계산과 절차를 거치면서 편집했을 이유가 뭐야? 없잖아?"

"그런 거 같네."

"그런데 한 가지 걱정스러운 게 뭐냐면, B씨가 이것을 어떻게 편집했을까 하는 점이야. 누구에게 시킬 수는 없었을 텐데."

이 부분에서 나는 꽤나 심각했다.

"그거? 아무나 할 수 있어."

"어떻게?"

나는 너무도 자신감 있게 들려오는 친구의 응답에 놀라며 즉각 묻고 있었다.

"더블데크만 있으면 일도 아니야. 내가 전에 해본 일이 있거든."

"B씨 집에 더블데크가 있기는 해. 그런데 확실해?"

"해보면 되지."

"그럼 이 원본을 가지고 가서 자네가 그 입장이라고 생각하고 정확히 「사건 25시」에서 방송된 것과 똑같이 만들어 와봐.

그 의문점을 풀지 못해서 끙끙댔었는데 이건 아주 중요한 숙제야."

친구가 떠나고 나는 국과수에 전화를 걸어 당시에 그 대화 녹음을 분석했던 담당자와 통화를 했다. 나의 주된 관심사항은 국과수에 제출된 자료가 원본이었는지 아니면 이미 누군가에 의해서 편집된 것을 건네받았는지를 알아보는 것이었다. 담당자의 이야기는 그때 분석했던 테이프는 본인에게 돌려주었다는 것이었다.

그리고 당시에 조사했던 것은 그 목소리가 성수의 것인지 아닌지 그것만 분석했을 뿐 다른 것은 없었다는 것이다. 게다가 그쪽에서는 분석 자료를 편집하는 일은 생각할 수도 없는 일이라는 말만 전해 주었다. 그 이상의 정보는 얻을 수가 없었다.

오후에 친구는 숙제를 완료해서 나와 다시 마주 앉았다. 나는 친구가 편집한 것과 「사건 25시」에서 방송된 것을 비교해 보았다. 정확히 일치했다. 초시계로 측정해 보았으나 거의 완벽했다.

"되네!"

"된다니까. 아무나 할 수 있어."

"어떻게 했어?"

"먼저 원본을 왼쪽에 넣고 빈 테이프를 오른쪽에 넣어. 그리고 귀로 대화내용을 들어가면서 왼쪽 것을 오른쪽에다 복사하는 거야. 손가락을 스톱단추에 올려놓고 있다가 빼고 싶은 부분이 시작될 때 그 단추를 눌렀다가 그 부분이 지나고 나서 손가락을 떼면 돼. 손가락 두 번만 까딱이면 돼. 아주 간단해. 이런 것은 초등학교 애들도 할 수 있어. 이걸 가지고 밤새 끙끙댔단 말이야?"

"이제야 윤곽이 잡히네."

"무슨?"

"이것이 실제로 녹음된 게 5월 말이 아니라 3월 말이라는 생각이 들어."

"3월 말?"

"응."

"사건이 나고 불과 3, 4일 후에?"

"응."

"그렇게 보는 근거가 있어?"

"물적 근거는 아니지만…."

"해 봐."

"이 원본에서는 배경음이 들려."

"그래?"

"지난밤에 조용할 때 들어 보니까 여러 사람이 모여서 대화

하는 소리가 분명하게 들리고 그중에 두 마디는 알아들을 수 있겠더라고."

"그래? 들린다고?"

"남자 목소리의 '그래요?' 와 여자 목소리의 '거기 있네' 라는 말이 잘 들으면 들려. 내 생각에는 시장 같은 곳에서 어떤 사람이 무슨 물건을 찾다가 없으니까 주인에게 찾는 물건이 없다고 했던 것 같아. 그러니까 주인 남자가 '그래요?' 라고 했고, 그 옆에 있던 한 여자가 그것을 발견하고서 '거기 있네' 라며 알려 주는 것 같았어. 분명히 시장 같은 곳에서 나는 그런 배경음이 들리거든. 전체적인 말의 빠르기라든가 웅성대는 정도로 봐서 말이야."

친구는 한동안 이어폰을 귀에 걸치고 숨을 죽이고 있었다.

"들리네. 그렇다면 누군가 성수를 데리고 시장 근처 공중전화에서 집으로 전화를 걸었다는 말이야?"

"그렇다고 봐야지. 잘 생각해 보면 이것이 녹음된 것이 5월 31일이 아니라는 것을 알 수 있어."

"어떻게?"

"한번 들어서 이해하려면 정신을 바짝 차려야 할 거야."

"잔소리 말고 해봐."

"그 두 마디의 소리를 만들어냈던 사람들과 성수가 듣고 있었던 수화기 사이의 거리를 계산해 봤는데, 동전식 공중전화 부스의 문이 닫혀 있었다면 약 10미터쯤 되고…."

"동전식 공중전화라는 것을 어떻게 알아?"

"국과수 분석이 그렇게 나왔으니까."

"그래서?"

"만약 공중전화 부스 문이 열려 있는 상태였다면 15미터쯤 될 거야."

"어떻게 계산한 거야?"

"간단하게 실험을 해보니까 대략 그 정도 돼."

"그렇다고 치고…."

"그 당시 상황을 가상적으로 재구성해 보자고. 성수가 전화를 건 공중전화 부스로부터 불과 10에서 15미터 떨어진 곳에는 사람들이 웅성대고 있었어."

"시장 같은 곳에서."

"그렇지. 그리고 그 시각은 오후 5시 30분경이었어. 5월 31일 오후 5시 30분이면 한낮이야."

"주변에서 쉽게 볼 수 있었을 거란 말이지?"

"그렇지."

"그래서?"

"게다가 5월 31일이면 사건이 나고 2개월 5일이 지난 때야.

그 무렵에는 이미 그 사건은 각종 매스컴을 통해서 전국에 퍼졌고 다섯 아이들의 사진이 곳곳에 나붙고 있을 때야. 그런 때에 성수를 데리고 그렇게 사람들이 많은 곳에 나와서 그것도 대낮에 성수네 집으로 전화를 할 수 있었겠나?"

"……."

"자네가 납치범이라면 그런 상황에서 아이를 데리고 그런 장소에 나와서 아무 목적도 없는 그런 전화를 했겠나?"

"흐음!"

"실종신고를 받은 경찰은 처음에는 가출로 봤거든. 그러면서 사흘만 기다리면 돌아온다고 했어. 이 원본이 녹음된 시기는 바로 그 무렵이었다고 보는 게 옳지 않겠나? 사건이 나고 3, 4일 후에."

"그 사건과 아이들의 얼굴이 세상에 알려지기 전에?"

"그렇지."

"그렇다면 약 두 달 동안 그냥 가지고 있었단 말이네."

"이제야 그 이유를 알 것 같아."

"뭘?"

"모르는 사람에 의한 납치로 수사 방향을 유도하려고 B씨가 처음 계획했던 것이 바로 이 녹음조작이었을 거야. 하지만 결국 실패한 거지. 왜냐면 '어딘데?'라고 묻고 나서 성수에게 주문해두었던 응답도 없었고, 게다가 무려 17초 동안을 기다렸으니까. 이것을 그대로 내놓을 수는 없었어."

"위험하니까."

"그렇지. 그래서 B씨는 이것을 어떻게 편집할 수 있을까 하고 고민을 한 거야. 지난밤에 내가 고민했던 것처럼 말이야."

"다시 녹음할 수 없었을까?"

"당시 상황이 그렇게 여유 있지는 않았을 거야. 나머지 부모들과 행동을 같이해야 하고, 작은 행동도 조심해야 했을 테니까. 다시 녹음을 시도한다는 게 말처럼 쉬운 일은 아니었을 거라고 생각해."

"그래서 성수는 아직도 살아 있고?"

"나는 그렇게 봐."

"잠깐!"

"왜?"

"다시 녹음을 하지 못했던 것은 상황 때문일 수도 있겠지만, 할 수 없었기 때문일 수도 있지 않을까?"

"음…."

친구와 나는 서로 눈을 맞춘 채로 한동안 말이 없었다.

"계속해 봐."

"이 원본을 어떻게 편집할 것인가 이런 고민을 2, 3일 계속

하고 있는데 B씨에게 반가운 소식이 전해진 거야. 4월 2, 3일 경이라고 봐야지."

"무슨?"

"4월 4일에 ○○○ 의원이 자기 집을 방문할 거라는 소식을 들은 거야. 절호의 기회가 온 거지. 그래서 그 시간에 맞추어 납치범으로부터 돈을 요구하는 전화가 걸려 왔다는 자작극을 만들어 냈던 거야."

"음…."

"그렇게 해서 초동수사 때의 위기를 넘기고 이것을 편집하는 데 성공했어. 그러고 있다가 5월 말경에 다른 부모들이 우리 주변도 수사해 달라고 요구하고 나섰던 거야. 아무래도 이상하니까."

"실제로 그랬어?"

"응. 갑자기 수사가 내부로 진행될 기미가 보이자 B씨는 이 것을 내놓게 된 거야. 5월 31일에 이런 전화가 걸려왔다면서. 그렇게 해서 이 사건의 결정적인 고비를 넘긴 거라고 생각해."

"음…! 그렇게 본단 말이지."

"두 달 이상 세월이 흘러 사람들의 기억은 희미해지고 있는 그런 판에 틀림없는 성수 목소리가 녹음 상으로 들리니까 그 때부터는 의심할 수가 없었겠지. 성수가 어머니와 전화상으로 대화하는 목소리가 들리니까 아이들이 누군가에게 납치되어 있다고 믿을 수밖에 없었을 거야."

"후…."

"이 대화녹음을 내놓는 것은 아주 위험한 일이었어. 하지만 그때 상황은 절박했을 거야. 두 달이 넘었는데도 아이들의 행방을 전혀 알 수 없게 되자 해당 부모들이 시선을 안쪽으로 돌리기 시작했거든."

"그럴 수 있지."

"늘 책상 서랍에 두었던 물건을 찾는 과정을 잘 관찰해 보면 일정한 순서가 있어. 처음에 서랍을 뒤지고 그리고 주변을 여기저기 헤매다가 그래도 찾지 못하면 사람들은 반드시 다시 그 서랍으로 돌아오는 행동을 반복하거든. 그런 자연스런 현상이 5월 말경에 부모들 사이에 있었다고 봐."

"밖을 보다가 '어! 이거 아니네.' 하면서 안쪽으로 눈을 돌렸을 거란 말이지?"

"그렇지. 그래서 이 사건 초기에 B씨가 여러 면에서 의심받을 수 있는 점들을 남겨놓았을 거라고 생각해."

"왜 그렇게 생각해?"

"만약에 B씨가 완벽하게 처리했다면 5월 31일에 이런 위험스런 녹음을 내놓지 않았을 테니까. 말하자면 그 무렵에는 절박하게 몰리고 있었을 거라는 생각이 들어. 어쩌면 5월 말경에 어떤 결정적인 이야기가 주위에서 나돌고 있었는지도 모르지."

"말하자면 이판사판이었단 말인가?"

"그렇지. 아무튼 자네가 큰 고민거리를 해결했어. 나는 이것이 간단하게 편집되리라고는 생각지 못했거든."

"그런데 문제는 따로 있는 것 같아."

"뭔데?"

"그런 이유에서 편집했다면 왜 이 원본을 없애지 않고 가지고 있었을까? 그리고 그것을 복사해서 자네에게 건네주었고."

"……."

"생각해 봤어? 결정적인 단서가 나올 수도 있는 이런 물건을 그대로 둘 리가 없잖아."

"아직까지는 그럴듯한 대답을 찾을 수가 없어."

"그렇다면 우리가 어떤 오류에 빠져 있는 게 아닐까? 너무 커서 꼬리조차 보이지 않는…."

"……."

"지극히 상식적인 질문에 대답을 못하고 있으니까."

"그럴지도 모르지."

"그렇다면 문제 아닌가?"

"완벽한 설명은 안 되지만… 굳이 설명하자면 우선 세월이 많이 흘렀고 국과수에서도 아무것도 밝히지 못했는데 이걸로 지금에 와서 뭘 하겠느냐 이렇게 생각했을 수도 있고…."

"아니지!"

"아닌 거 맞아. 그 사람은 내가 화장실에 접근하는 것을 극도로 경계했던 사람이란 말이야. 그것도 두 번씩이나. 하지만 그건 실수였다고밖에 달리 설명할 수가 없어."

"그것은 자네를 과소평가했던 그 사람의 실수였다고 치면 돼. 하지만 내 말은 애초에 왜 이 원본을 없애지 않았느냐는 거지."

"원본을 버리지 않고 가지고 있었다는 사실이 그런 모든 정황을 부정할 수 있는 근거는 못 돼. 마치 어떤 범죄자가 결정적인 단서가 될 수 있는 흉기를 버리지 않고 가지고 있었기 때문에 그에게는 범죄사실이 없다고 주장하는 꼴이거든. 실제로 자기가 위조한 수표를 친구에게 자랑삼아 건네줬던 게 실마리가 되어 범인이 잡힌 일도 있었어. 3년 가까운 시간 경과, 대담한 성격, 방심, 그리고 상대방을 과소평가했던 게 실수였다고 생각해."

"자넨 아직도 질문의 핵심을 피해가고 있어. 왜 원본을 버리지 않고 가지고 있느냔 말이야?"

"나도 모르지! 하지만 모든 게 그쪽으로 연결되고 무리가 없잖아? 이게 아니라면 뭔가 하나라도 아귀가 맞지 않을 텐데 말이야. 마치 깨진 거울처럼 맞추니까 다 들어맞잖아?"

"하지만 추정이고 심증일 뿐이야. 왜 그 사람이 원본을 버리지 않고 가지고 있었는지를 설명하지 못한다면 2차 가설도 하루아침에 붕괴될 가능성이 있어."

잠시 침묵을 지키던 나는 미세하게 고개를 끄덕이며 주춤거리고 있었다.

"그래서…"

"뭐?"

"가장 확실한 것은 거긴데…"

"설마 구들장을 파보자고 하지는 않겠지?"

"……"

꽤나 긴 침묵이 흘렀다. 얼마나 지났을까 친구가 내 어깨를 다독이며 말을 던지고 있었다.

"어디 가서 맥주나 한잔 할까?"

친구와 나는 발걸음을 시내 쪽으로 돌려 자주 다니던 곳으로 향했다.

"솔직히 말하자면 자네 추리나 분석에 어느 정도 개연성이 있어 보이는 건 사실이야. 하지만…"

"돌리지 말고 말해."

친구는 잠시 뜸을 들이다 엉뚱한 질문을 꺼냈다.

"아 참! 물어본다는 게 자꾸 잃어버리는데… 그 전기충격실험 말이야."

"왜?"

"그거 정말로 상대방에게 전기충격을 준 거야? 그래서 실제로 사람이 죽었고?"

"그건 속임수였어. 유리창 너머 건너편에서 전기충격을 받고 있는 사람은 대학원생들이었어. 교묘하게 속인 거야."

"그렇지! 글쎄 그런 것 같더라고. 그래서 중간에 실험을 그만두고 나간 사람들은 그런 눈치를 채지 못했던 사람들이고, 그러니까 정말로 상대방이 죽을지도 모른다고 믿었기 때문에 그 실험을 끝까지 할 수가 없었던 거겠지. 반면에 끝까지 단추를 누른 사람들은 눈치가 빠른 사람들이었을 거야. 어차피 연출이니까 끝까지 눌러도 상관없을 거라고 믿었던 거 아닌가?"

"꽤나 예리한 생각인데. 하지만 자네 생각은 틀렸어."

"틀렸다고?"

"그 실험 직후에 바로 그런 문제점이 제기됐어. 하지만 시간이 지나면서 이상한 일이 벌어졌어. 그 교수 연구실로 이름 밝히기를 거부하는 전화가 걸려오기 시작한 거야. 전화를 건 사람들은 그 실험에 참가했던 가해자들이었어."

"왜?"

"그 실험에서 전기충격을 받았던 상대방이 어떻게 됐느냐는 전화였지."

"그야 궁금하니까 그럴 수도 있지."

"헌데 문제는 시간이 지나면서 점점 심각해지기 시작했어. 그 실험에 참가했던 사람들이 죄책감에 괴로움을 당하고 있었고 일부는 심리치료를 받기 시작했거든. 그런 내용이 당시 언론을 통해서 알려지면서 그 사건은 미국사회에 충격을 주기 시작했지. 그들이 정말로 연출일 거라고 믿고 있었다면 그런 심각한 결과는 일어나지 않았을 거야. 결국 그 실험은 성공적이었어. 실험심리학에서 쓰고 있는 연구방법이 자네가 생각하는 것처럼 그렇게 엉성하지 않아."

"아무튼 심리학은 효용가치가 높은 학문이라는 생각이 들기는 하네."

"그런 효용성을 내다봤기 때문에 20여 년 전에 나는 영문학에서 심리학으로 전과해서 미국으로 건너갔던 걸세. 그 잘못된 선택 덕분에 이런 고생을 사서 하고 있는 거고."

"……."

둘 사이에 다시 침묵이 끼어들고 있을 때 친구가 불쑥 이야기의 방향을 바꿨다.

"그런데 말이야."

"뭐?"

"자네 안사람 말이지…."

나는 친구의 옆모습을 얼른 훔치고 있었다.

"자네 우리 집사람 만났나?"

"……."

"흠…!"

"마음 고생이 심한 것 같더라고. 이런 말해서 미안한데… 이 사건이 자네 의도대로 밝혀질 거라고 생각하나?"

"그야 모르지. 하지만 상관없어!"

나는 불쑥 신경질적인 반응을 보이고 있었다.

"왜 상관이 없어?"

"나는 그저 그 사건의 진실을 밝히려는 것뿐이야. 듣기 좋게 말하자면 학자적인 양심이라고나 할까."

"이것은 엄청난 도박이야. 자네 인생 전부를 거는 일이라고. 올인! 그거 알아?"

"그래서?!"

"자넨 무덤 하나를 파고 있어. 그 사람 아니면 자네 둘 중에 하나는 거기에 들어가야겠지."

"모든 게 갈수록 선명해지고 있잖아."

"자네 가설은 그럴싸해. 하지만 심증만으로 자네 인생을 걸기에는 무모해."

"……."

"유골을 제시하지 않는 한… 그 무덤의 임자는 자네라는 생각이 들어."

"……."

"확실한 증거가 없는 한 직접 나서지 말라는 말이야."

"내가 성공할 가능성이 얼마나 된다고 생각하나?"

"이십 프로? 친구라서 막 퍼주고 계산해도, 삼십 프로! 그이상은 안 돼."

"고맙네. 그것도 대단히. 하지만 나는 할 거야. 해야 할 이유가 있어."

"그게 뭔데?"

"우리 사회의 가장 큰 문제가 뭐라고 생각하나? 진실과 정의가 너무도 쉽게 외면당하고 잊혀지고 있다는 거야. 진실과 정의가 왜 값있는지 알아?"

"……."

"진실과 정의는 성공한 사람들이 달고 다니는 화려한 장식품이 아니야. 그것들은 매우 현실적이고 직접적인 효용성을 가지고 있어. 사람들이 그것을 모르고 있을 뿐이지. 어느 법심리학자가 형을 확정 받은 범죄자의 가족들을 대상으로 형량에 대한 불만 정도를 조사해 보았는데 결과는 의외였어. 간단하게 이야기해서 불만 정도는 형량과 상관이 없더라는 거야. 즉 형량이 아무리 무거워도 사건에 대한 진실이 명확하게 밝혀진 경우에 가족들은 그것을 수용하더라는 거야. 하지만 아무리 형량이 적어도 뭔가 선명하게 밝혀지지 않은 상태에서 결정된 경우에 가장 불만이 높았다는 거야. 진실과 정의는 다양한 종류의 불만과 갈등을 해결하는 데 가장 효과적이란 말이지. 그냥 넘어가서는 안 돼. 그냥 넘어가는 습관, 그것이 곧 우리 사회에 불만과 갈등을 누적시키는 주범이거든."

"이야기는 좋아. 하지만…."

나는 친구에게 주도권을 주지 않으려고 목소리에 심지를 올리고 있었다.

"세월이 흘렀으니까 그냥 잊자? 그게 편하니까? 그래? 자네가 하고 싶은 말이 그건가?"

"……."

"아무리 세월이 흘렀어도, 수백 년 전에 있었던 일이라고 해도, 우리는 과거에 무슨 일이 있었는지 정확하게 알아야 돼. 그래야만 앞으로 제대로 나갈 수 있으니까. 의심받을 만한 행동은 그냥 넘어가지 않는다는 것을 우리는 지금부터라도 학습해야 해. 그게 먹고사는 문제를 어느 정도 해결한 우리에게 절실하게 필요한 거야. 그것이 더 잘 먹고살기 위한 선행조건이야. 우리는 그 벽을 넘어야 한단 말이야."

나는 잠시 숨을 몰아쉰 뒤 다시 말을 이었다.

"우리는 역사적으로 한번도 그 벽을 넘어본 일이 없었어. 그렇게 할 수 있다는, 우리도 스스로 할 수 있다는 사례를 경험해야 한다는 말이야. 우리는 지난 역사 내내 일본을 앞질러왔어. 하지만 딱 한번의 경험으로 우리는 근대에 와서 그들에게 수난을 당했던 거야. 왜 그랬을까? 난 역사학자가 아니니까 잘못 알고 있을 수는 있지만 그들이 근대사에서 우리를 앞지를 수 있었던 것은 메이지유신 때문이라고 믿고 있네. 옳은 것을 위해서 기득권을 버릴 수 있던 그 경험 말이야. 우리는 그런 게 없었어. 한번도!"

"글쎄. 거기까지는 모르겠지만…."

"우리는 한번도 잘못에 대한 반성을 해본 일이 없다는 말이야. 잘못됐으면 뭐가 어디서 어떻게 잘못된 건지 알아야 한다는 말이야."

"아무튼 자넨 그 골방을 파보고 싶은 모양인데 그건 매우 위험해. 수사기관에 모든 것을 넘기고 지켜보는 거야. 자넨 빠지란 말이야."

"자네 말이 옳을지도 모르지. 하지만 진실은 하늘에 있어. 나는 지금 하늘의 일을 하고 있어. 나는 그렇게 믿어."

"하늘의 일?"

친구가 의아한 표정으로 고개를 내 쪽으로 돌리고 있을 때 나는 그것을 애써 무시하고 있었다.

"지난 이야기 하나 할까?"

"……."

"믿거나 말거나 나는 하늘의 소리를 들었어."

"무슨?"

"솔직히 말하자면 나도 이 사건에서 손을 떼려고 여러 번 생각했어. 자네만 현실을 아는 거 아니야. 노부모에 처자식의 생계를 책임지고 있는 내가 왜 현실을 모르겠나."

"지금까지는 좋았어. 그래서 나도 따라다녔던 거고."

"하지만 그때마다 그 아이들의 얼굴이… 그 천진스러운 개구쟁이들의 얼굴이 떠오르곤 했어."

"……."

"이번 봄에 마누라와 심하게 다투고 혼자서 시골길을 걷고 있었어. 그때 나는 마음을 확실하게 정리했네, 이 사건에서 눈을 돌리기로."

나는 잠시 생각에 잠겼다.

"헌데 나는 그 결심을 단 몇 분 만에 없었던 것으로 지워버렸어. 왠지 알겠나?"

"……."

"세상에 태어나서 나는 그렇게 무서운 소리를 들어본 일이 없었어. 등골이 얼어붙는 소리 말이야."

"무슨 소리?"

"하늘의 소리!"

"……."

"얼마나 무서웠으면 그 자리에 주저앉았겠나. 논에서 울어대는 무수히 많은 개구리들의 울음소리 말이야. 주변이 어두워진 곳에서 목이 쉬도록 울어대는 그들의 소리가 들렸어. 합창처럼 들려오는 그 소리를 하늘에서 내려오는 소리로 착각했던 거야."

"실제로 소리를 들었나?"

"응."

"무슨 소리?"

"개골개골 개골개골, 그리고 또 하나 개골."

친구는 나를 바라볼 뿐 아무 말도 하지 않았다.

"그 순간에 그 소리는 사람 목소리처럼 들렸어."

"정말로?"

"자세히 기억은 안 나. 하지만… 가까이 있다, 가까이 있다, 가까이 있으니까 포기하지 마라… 뭐 그런 거 같았거든."

"어떤 일에 병적으로 집착하다 보면 그런 헛소리가 들릴 수도 있겠지."

"그럴 수도 있지. 하지만 나는 그 뒤로 하늘의 일을 하고 있다고 믿는 버릇이 생겼어. 자기 위안인지도 모르지만 말이야."

"자네가 하늘의 일을 하든 뭘 하든 그것은 자네 일이지. 하지만 한 가지 분명한 것은 인간은 두 발로 땅을 딛고 살아야 하는 현실적인 동물이라는 거야. 그 점도 명심하게."

"……"

제14장

비어 있던 골방

친구와의 의견 차이가 내내 마음에 걸렸지만 별수 없이 나는 또다시 그 자리에 와 있었다. 언제부턴가 우리는 만남의 장소를 아예 그 시골 다방 모퉁이로 정해 버렸다. 밤새고 뒤척이다 간신히 어떤 생각을 주워 담고는 아침부터 슬그머니 전화를 걸어 '나와' 라고 한마디 후딱 던지고 마주 앉는 곳이 거기였다.

언제부턴가 나는 그곳에 와 앉으면 생각이 맑아지는 것 같았다. 그곳은 생각과 상상이 아무런 제약을 받지 않고 비행할 수 있는 공간이었다.

"한동안 소식이 없더니 또 무슨 이야깃거리를 만든 모양이지?"

"성수 할머니가 썼던 H 자 말이야."

"아무튼 지독하군! 아직도 그걸 생각하고 있나? 나는 그저 해본 손짓이라고 생각하는데."

"아니, 나는 그렇게 보지 않아. 그것은 그 사건에 대한 진술이었어."

"그래서?"

"정확하게 말하자면 위에서 아래로 긴 선을 하나 긋고…."

나는 테이블 위에 선을 그리고 있었다.

"그리고 중간 부분에서 옆으로 짧은 평행선을 긋고 나서, 그 끝에 붙여서 다시 위에서 아래로 긴 선을 그으면 정확히 H가 되거든. 그러고 나서 바로 손가락을 떼지 않은 상태에서 정확히 역순으로 그 위에 덮어서 반대로 H 자를 썼단 말이야. 나는 그 H 자를 내내 마음에 담고 있었네."

"그래서 나온 결론이 뭐야?"

"사람이 자기 의사를 상대방에게 전달하는 방법에는 모두 세 가지가 있는데 학습이 부족하거나 표현이 제한된 사람들은 P 언어를 쓰거든."

"언어장애가 있는 사람들?"

"응."

"그래서?"

"입을 열지 않고 파도를 표현할 수 있겠나?"

"파도?"

"해 봐."

"손으로 이렇게 파도 모양을 그리겠지."

친구는 손바닥을 펴서 손목을 부드럽게 반복적으로 굴절시키면서 파도의 움직임을 표현하고 있었다.

"P 언어란 바로 그런 거야. 사물의 형태를 그리거나 움직임의 순간적 형태를 반복적으로 표현해서 상대방으로 하여금 자신의 의도를 추정하게끔 하는 것을 P 언어라고 보면 정확해."

"그래서?"

"그 할머니가 표현했던 것은 우선 물체는 아니야. 왜냐하면 물체의 표현은 간단하게 고정돼 있거든. 그 할머니는 뭔가 움직이는 현상을 표현하려고 했던 거야. 파도는 움직이니까 자네 손도 파도처럼 곡선을 그리면서 움직였던 거고. 역으로 반복해서 H 자를 썼던 것은 어떤 움직임을 나타내고 있었어. 순서 같은 거 말이야."

"순서?"

"순서 또는 어떤 과정 같은 거. 왜냐면 H 자 위에다 역순으로 덮어썼으니까."

"그래서?"

"내가 그 할머니 앞에 나타났다는 사실은 '성수의 행적에 대해서 알고 싶어 왔으니 기억나는 대로 말씀해 주세요' 라고 질문하는 거와 같아."

"그 할머니는 상황을 그렇게 해석했을 거란 말인가?"

"그렇지. 그 질문에 대해서 할머니는 즉각적으로 P 언어를 사용해서 응답했던 거야. 두 마디를 했지. 먼저 다섯 손가락을 펼쳐 보이면서 하늘로 쳐들어 흔들었어. 그것은 아이들이 이미 죽어서 하늘로 갔다는 뜻이라고 생각해."

"다른 뜻은 아닐까?"

"무슨?"

"가령 아이들이 납치되어 멀리 갔다는 식의…."

"나는 그렇게 보지 않아. 손가락 다섯은 다섯 아이들을 표현했어."

"그건 맞고."

"그리곤 그 손을 하늘로 쳐들었어. 약간 흔들면서."

"그걸 기억해?"

"집중해서 보면 다 보여. 기억에도 남고."

"그래서?"

"일반적으로 사람이 죽어서 하늘나라로 갔다는 것을 표현할 때 하늘을 가리키잖아. 만약 아이들이 납치되어 어딘가에 잡혀 있다는 것을 표현했던 거라면 손이 수직으로 하늘을 향하지 않고 수평으로 움직였을 거야. 먼 곳을 지적하는데 손을 수직으로 올리는 경우가 있을까?"

"그렇다면 아이들이 납치됐다가 아마 그때쯤에는 죽어서 하늘나라로 갔을 거라는 표현은 아닐까?"

"그렇다면 납치되는 것을 나타내는 움직임이 먼저 나왔을 거라고 생각해."

"순서로 본다면 그랬겠지."

"그렇지? 아이들이 납치되는 표현은 상대적으로 다른 표현보다 쉬울 거라는 생각이 들어. 헌데 그때 할머니의 P 언어에는 납치에 관한 표현이 없었어. 나는 그 점을 늘 마음에 담고 있었어."

"하지만 인수 할머니에게 아이가 묶여 있는 듯한 표현을 했다고 했잖아."

"그건 잘 생각해 보면 풀리는 문제야."

"납치의 의미가 다르다는 말인가?"

"만약 아이들이 모르는 사람에 의해 납치되었다고 할머니가 믿고 있었다면, 그래서 어딘가에 살아 있다고 믿고 있었다면 납치되는 표현이 반드시 먼저 나왔을 거야. 안 그래?"

"……."

"그리고 다음 말을 하려고 땅바닥에 H 자를 썼어. 단순하게 생각해 보자고. 죽었다는 표현 다음에 가장 쉽게 따라 나오는 표현은 뭐라고 생각해?"

"……."

"그 다음은 죽게 된 원인이야. 누가 죽었다는 소리를 듣고 나면 사람들은 거의 공통적으로 놀라면서 '왜?'라고 질문하거든. 실제로 주변에서 그런 대화가 있을 때 잘 들어보면 거의 대부분 사람들은 왜 죽었느냐고 물어봐."

"그건 그렇지."

"즉, 할머니는 당시에 아이들이 어떻게 또는 왜 죽게 됐는지를 설명하고 있었던 거야. 할머니는 아이들이 이미 죽었다는 기억을 가지고 있었던 거 같아. 왜 그런 기억을 가지게 되었을까?"

"……."

"인간의 기억창고에 저장된 것들은 과거에 입력되었기 때문에 거기에 있는 거야. 부시맨의 기억창고에는 단 한번도 콜라병이 입력되지 않았기 때문에 그것을 처음 보았을 때 매우 신기했던 거지. 기억창고에 무엇이 들어 있느냐에 따라서 말과 행동이 결정되는 거야. 없으면 안 나오는 거지. 없는데 어떻게 나오겠어?"

"자네 말대로라면 그 할머니의 기억창고에는 죽었다는 것에 대한 과거사실이 입력돼 있었다는 말인가?"

　"그렇게 보는 게 과학적이지 않겠나?"

　"그래서?"

　"하지만 민수 어머니나 인수 할머니의 기억창고에는 그런 사실이 없기 때문에 자기 아들은, 자기 손자는 살아 있다고 믿는 거야. 왜냐하면 아이들의 죽음과 관계된 어떤 사실도 입력된 바가 없기 때문이지. 직접 눈으로 본 것이 없기 때문이야."

　"음….."

　"그런데 왜 성수 할머니는 나를 보자마자 죽었다는 표현을 먼저 했을까?"

　나는 친구의 표정을 살폈다.

　"납치됐다는 표현은 없고 왜 그 표현만 했을까?"

　"자네 말은….."

　"사건이 난 직후에 모든 사람들은 아이들이 가출했거나 아니면 산에서 길을 잃고 헤매고 있을 거라고 생각했어. 그래서 조금만 기다리면 돌아온다고 했어. 그런데 유일하게 성수 할머니만 입이 테이프로 봉해지고 묶여 있는 듯한 몸짓을 인수 할머니에게 보였어. 그것도 여러 차례."

　"그 할머니가 봤단 말이지?"

"그렇지! 봤으니까 표현하는 거야."

"어디서?"

"그 할머니의 행동반경을 잘 생각해 보게."

"흐음!"

"공사장에 일부러 찾아가 유심히 살펴봤는데 마침 보일러 공사를 하더라고. 그 H 자의 왼쪽과 오른쪽의 수직선은 양쪽 벽면을 의미하는 거야."

"양쪽 벽?"

친구는 반사적으로 반응하고 있었다.

"그리고 가운데 작은 평행선의 움직임은 왼쪽에서 오른쪽으로 '발랐다' 또는 '덮었다' 는 뜻이라고 생각해."

"커… 이거 완전히 소설이군."

"그리고 그것을 다시 역순으로 덮어썼던 것은 재벌을 이야기하는 거야. 공사장에서 기술자들이 일하는 것을 자세히 보니까 왼쪽 벽에서 시작해서 오른쪽 벽까지 발라가고 그리고 거기서 다시 역순으로 재벌을 발라 오더라고."

"그거야 공사판 이야기고."

"물론 공사판 이야기고 순수한 추리야. 하지만 언어 뒤에는 기억이 있고 기억 건너편에는 과거사실이 숨겨져 있는 거야."

"좋아. 그래서?"

"결국 그 할머니의 두 마디 P 언어를 종합해 보면 '아이들은 이미 죽어서 양쪽 벽이 있는 곳에 매장되었다' 는 말이라고 생각해."

"캬! 자네 그 상상력 하나는 알아줘야 해."

"황당하게 들리는 거 알아. 하지만 무수히 많은 역사적인 사실들이 황당하게 들리는 생각에서부터 시작했어. 갈릴레오가 태어나기 오래전에 어떤 사람이 가만히 있는 지구가 스스로 빙빙 돌고 있다고 주장했다면 세상에 그보다 더 황당한 이야기가 어디 있었겠나?"

"좋아. 그래서 아이들의 사체가 묻혀 있을 것으로 생각하는 장소가 뒤편 골방이란 말이지?"

"난 그렇게 보고 있어."

"그곳을 생각하게 된 근거는 뭐야?"

나는 잠시 침묵에 잠겼다.

"인수 할머니가 그 당시에 그곳이 비어 있었다고 말했던 것 말고 우리는 그 골방에 대해서 아는 게 전혀 없어. 그런데 무슨 이유로 거기를 지목하는 거지?"

"그 뒤 골방이 당시에 비어 있었다는 것이 이유라면 이유지."

"비어 있었다는 자체가 그렇게 생각했던 이유란 말이야?"

"응."

"하지만 그날 아침에 그런 일이 실제로 있었다면 아이들의 사체는 바로 밖으로 옮겨졌을 거라고 생각해. 밖으로 옮기는 게 더 안전할 테니까."

친구의 말에 나는 조심스럽게 고개를 저었다.

"난 그렇게 보지 않아. 그날 그 골방이 비어 있었기 때문에 그게 가능했을 것으로 보고 있거든. 밖으로 옮기는 것은 너무 위험해. 그게 얼마나 위험한 일이겠어? 그 집 앞길은 통행량이 많아. 게다가 그날은 아이들도 학교에 가지 않고 동네에 흩어져 놀고 있었어. 그리고 무엇보다도 그 빈방이 B씨를 쉽게 유혹했을 거라고 생각해."

나는 오래전 기억을 더듬어 정리하느라 잠시 시간을 보내고 있었다.

"아주 오래전에 어느 소년이 구멍가게에서 빵을 훔친 일이 있었거든. 빵 몇 개를 손에 움켜쥐고 뛰는데 구멍가게 아저씨가 본 거야. 필사적으로 뛰다가 골목으로 꺾어들면서 뒤를 돌아보니까 그 아저씨는 이미 출발해서 따라오고 있었어. 거리가 좁혀지는 소리가 뒤에서 들려오고 말이야. 그 상황에서 소년은 골목 끝에서 앞으로 탁 터진 큰길로 나갈 것인가 아니면 빈 창고로 숨을 것인가를 결정해야 했어. 자네 같으면 어디를

택하겠나?"

"모르지. 상황에 따라 다르겠지."

"그래 상황에 따라 다르겠지. 하지만 사람이 절박하게 몰리면 우선 어두운 쪽으로, 빈 곳으로, 자기 몸 하나가 쉽게 은폐될 수 있는 곳으로 자신도 모르게 빨려들어 가는 거야. 소년은 그 어두운 창고로 숨어들었어. 그때 소년의 차오르는 숨소리는 근처에 있는 사람이라면 누구라도 들었을 거야. 소년은 숨소리를 틀어막으려고 이를 악물었지. 그리고 불과 수초 후에 터진 양철 구멍으로 흘러 들어오던 달빛을 시꺼먼 그림자가 서서히 막기 시작했어. 그때 그 소년은 열두 살이었네."

친구는 아무런 말도 않은 채 창밖을 응시하는 나를 꽤 오랫동안 방치하고 있었다.

"그거 실화가?"

"실화냐고? 실제로 내가 그랬었느냔 말이지?"

"응."

나는 빙긋이 웃었다. 그렇게 환하게 소리 없는 웃음을 놓아 본 일이 없었던 것 같은 착각을 느꼈다.

"글쎄. 그건 자네가 판단해. 하지만 그 소년은 잡혔어. 빵을 고스란히 손에 쥔 채로 말이야. 소년은 그 사건을 계기로 자기 인생을 바로잡는 데 무려 십 년이라는 세월을 먼 길로 돌아야 했지. 그때 거기에 빈 창고가 있었다는 것을 지금도 운명으로 생각하고 있다네. 급박하게 몰리는 상황에 직면하면 사람은 가장 쉬운 곳으로 숨는 본성을 가지고 있어. 밝은 곳, 사람들이 모여 있는 곳으로는 나갈 수가 없게 돼 있어. 죄를 지은 사람이 가장 두려워하는 것은 빛과 사람이야."

"흐음."

"그 사건이 나던 날 그 골방이 비어 있었어. 그리고 그 골방이 비어 있었기 때문에 그 사건이 발생했던 거야. 어때 황당한가?"

잠시 동안의 침묵 뒤에 친구가 입을 열었다.

"좋아. 백번 양보해서 설령 그게 사실이라고 해도 어떻게 그런 표현을 할 수 있겠나? 그것은 자기 아들의 범행을 신고하는 거나 다름없는데. 그 점은 어떻게 설명할 텐가?"

"우선 그런 표현을 해도 아무도 그 의미를 파악하지 못하기 때문에 안전하다고 생각하겠지."

"안전하다고 자기 아들의 범행에 대한 이야기를 해?"

"B씨는 그 할머니의 친아들이 아닐 거라는 생각이 들어."

"그래? 왜 그렇게 생각하는데?"

"두 사람의 얼굴 윤곽이 닮은 데가 없어 보여."

"그래서?"

"그 할머니의 심리상태는 두 가지가 엉켜 있는 것 같아. 분노와 안정감. 때에 따라 그 사이를 왔다 갔다 하는 것 같아. 어느 것도 포기할 수 없는 그런 갈등 환경에서는 자기 나름대로 유일한 행동 스타일을 발달시키는 거야. 말하자면 두 가지를 동시에 만족시킬 수 있는 적절한 방법을 무의식적으로 개발해서 행동으로 굳히는 거야. 그 할머니는 '사실은 이랬다' 면서 분노를 손가락으로 표현하는 거야. 하지만 아무도 심각하게 생각하지 않으니까 안전한 거고. 그래서 심리적으로 타협된 그런 행동이 표출되고 있다는 생각이 들어."

"그럴싸하긴 한데…."

"인간의 성격이나 행동유형은 현재 주어진 환경과 조건에 적절히 타협하는 방향으로 구성되거든. 절대로 포기하지는 않아. 포기한 것처럼, 또는 잊은 것처럼 보일 뿐이지. 자신이 느낀 감정은 어떤 식으로든지 밖으로 나타나게 돼 있으니까. 그게 인간이야.

제15장

담판

이 사건에 대하여 최종적인 결론을 내리고 있을 때 나는 마음 한구석이 괴로웠다. 내가 가진 유일한 무기는 진실 규명이라는 칼이었지만 그것이 왜 내 손에 쥐어져 있는지는 의문이었다. 어쩌면 나는 진실을 밝힘으로써 모든 사람의 가슴에 충격을 던져놓을 수도 있다는 생각을 떨쳐버릴 수가 없었다.

이런 역할이 왜 하필이면 나에게 할당되었을까? 나는 한동안 그런 불만과 불안을 주머니에 담고 있었다. 그리고 내린 결론은 B씨와 담판을 지어야겠다는 것이었다. 그것만이 내가 택할 수 있는 최선의 선택이라는 생각이 들었다.

다시 현지에 갔던 것은 1994년 2월 18일이었다. B씨를 본 것은 2시 반경이었다. 그때 B씨는 나에게 작은 트럭을 장만해서 곧 취직할 거라는 이야기를 했다. 그런저런 얘기를 나누며 우리는 최근 집 앞에 만들어진 놀이터에 자리를 잡고 앉았다.

나는 긴장하고 있었다. 그의 고백을 끄집어내기란 생각처럼 쉽지 않기 때문이다. B씨는 무슨 일 때문에 왔느냐는 질문조차 던지지 않고 조용히 내 말을 기다리고 있었다. 도로를 질주하는 차들의 소음이 들려올 뿐 주위는 비교적 조용했고 가끔씩 동네 사람들이 지나가고 있었다. 오후 3시 정도가 되자 나는 말문을 열었다.

"지난번에 한번 설명을 들었지만 다시 한번 묻겠습니다. 추적단추를 누를 때 수화기가 미끄러졌다고 했습니까?"

"수화기로 눌렀어요. 손으로 하는 게 원칙인데, C 형사가 수화기로도 된다고 하면서 시범을 보여준 적이 있었거든요."

"그렇군요. 그리고 그날 공장에서 나온 일이 없다고 하셨지요?"

"예?"

"그날 공장에서 나온 일이 없다고 하신 걸로 기억하는데요."

"예. 다른 사람한테 물어봐도 알 겁니다."

"그런데 아직도 그게 문제가 돼요. 제가 나중에 공장에 가서 누구를 만났느냐면요, D씨 아시지요?"

"누구요?"

"D씨라고, 공장에서 기계와 인원을 감독했다고 하던데요."

"아, 친하지는 않지만 압니다."

"그분을 만났고, 그리고 J씨도 만났습니다."

"그분은 잘 알지요. 낚시도 같이 다니고 친하게 지냈지요."

"그 두 분을 만났는데요, J씨는 그때 당시 B씨한테 기계를 인계 받았다고 하더군요."

"아닙니다. 성수 엄마가 전화를 안 했으면 저는 기계를 인계 하고 나올 일이 없는 거거든요."

"그분들은 확실하다고 하던데요?"

"확실한 게 아니겠죠. 공장에 들어앉아서 일하고 있었는데요."

"그러면 그분들이 왜 틀림없이 애 찾는다고 낮에 나갔다고 이야기합니까? 대략 점심시간쯤에 그랬다고 하던데요."

"허허, 점심시간이라니 말이 안 돼죠. 성수 엄마가 1시 반에 태권도 도장에 알아봤다고 하던데요."

"그러면 왜 그분들은 그렇게 얘기한다고 생각하시나요?"

"그때 기억나는 것이라면… 기초의원에 출마한 Y씨가 제 선배거든요. 퇴근하면 개표하는 데 가봐야지 하고 있었던 건 기억이 납니다. 성수 엄마한테 물어봐도 전화는 안 했다고 하니까 점심시간 전에 제가 나갔다는 건 말이 안 되는 겁니다. 안 그렇습니까?"

"알겠습니다. 그런데 지금 양쪽의 주장이 아주 다르네요. 혹시 J씨나 D씨 하고 대면할 수 있겠습니까?"

"못 할 것도 없지요."

"이건 굉장히 중요한 문제입니다."

"내가 다 알고 있는데 왜 다른 사람이 그런 말을 하는지 모르겠네요. 내가 아니라면 아닌 겁니다."

"자꾸 아니다, 틀림없다 그렇게만 말씀하실 게 아닙니다. 이걸 제삼자가 들었을 때는 이상하거든요."

"공장에서 일찍 나왔다면 산에 일찍 올라갔지 왜 저녁에 갔겠습니까? 안 그렇습니까? 우리가 산에 올라갔을 때는 어두웠습니다. 내가 6시에 퇴근하고 사람들을 모아서 올라갔으니까 그럴 수밖에요. 시간적으로도 맞잖아요."

"그런데 한 사람도 아니고 여러 사람이 그날 낮에 공장에서 나간 것이 확실하다고 하거든요."

"그 사람들은 안 그랬겠느냐 하는 거겠지요."

"아니오. J씨 같은 경우는 그날 분명히 B씨한테서 기계를 인계 받았다고 합니다."

"참 내, 알 수가 없네."

"또 하나 제가 관련 자료를 보니까 그날 성수 어머니가 11시부터 아이를 찾기 시작했다고 되어 있더군요. 가슴에 통증을 느끼고 그랬다고 했는데 그것은 비과학적인 것이고…."

"다른 사람보다 일찍 찾은 것은 사실입니다. 전화도 해보고 성수를 찾는다고 그 또래 애들한테 물어도 보고 말이죠."

"제 생각에는 성수 어머니가 11시 이전에 어떤 엄청난 충격을 받았을 가능성이 크다고 봅니다. 성수 어머니에게 그날 아침에 어떤 사건이 있었습니까?"

"없지요. 나는 회사에 가고, 성수 엄마가 낮에 일이 있을 리가 없지요. 일반 가정에서 있을 일이 뭐가 있겠습니까? 민수 아버지가 그날 다리가 부러져서 깁스를 했지만 다른 일반 가정에서야 있을 일이 없지요."

나는 그쯤에서 얘기를 녹음 테이프 쪽으로 돌렸다.

"성수 목소리 말입니다."

"예."

"거기에 이해할 수 없는 게 많아요. 우선 성수 어머니가 전화를 받고 먼저 '여보세요' 했어요. 그렇다면 '여보세요' 하기 전에 녹음단추를 먼저 눌렀다는 얘기입니다. 벨이 울릴 때부터 이상한 전화라는 것을 알았습니까?"

"그 당시에는 사태가 중요하기 때문에 전화를 받으면 누구든지 기본적으로 눌렀습니다."

"그런데 '여보세요' 하니까 성수가 '엄마' 그랬지요? 그 다음에 '너 성수니?' 그러니까 '응' 하고 대답했고요. 마지막으로 성수 어머니가 '어딘데?' 하고 물었습니다. 그런데 묻고 나서 전화가 끊어질 때까지 걸린 시간이 17초예요."

"좀 있다가…."

"17초는 긴 시간입니다. 한번 재볼까요?"

나는 손목시계로 시간을 재기 시작했다. 진공상태의 고요함이 17초 동안 진행되고 나서 나는 다시 입을 열었다.

"제가 이해할 수 없는 것은요, 그렇게 기다리던 성수 목소리가 들렸고 '어딘데?' 라고 묻기까지 했는데 상대방이 전화를 끊을 때까지 그 긴 시간을 전화기만 들고 있을 수가 있었겠느냐는 겁니다."

잠시 긴 침묵이 흘렀다.

"있는 그대롭니다."

"실종됐던 아들한테 '어딘데?' 라고 묻고는 무작정 기다린 게 말이 되나요?"

"그걸 제가 어떻게 압니까?"

"백 명의 부모들에게 물어봅시다. 그 상황에서 '어딘데?' 라고 묻고 나서 성수가 수화기를 놓을 때까지 그 긴 시간을 그냥 있을 수가 있겠느냐고요."

"그거야 모르죠. 왜 그랬는지 성수 엄마가 돼 봐야 아는 거니까요. 어쨌든 전화가 왔다는 것은 사실입니다."

"오늘 솔직히 말씀드려서 좀 실망했습니다. 인정할 것은 인정해야 하는데 무조건 아니라고 얘기하면 어떻게 합니까? 그러면 공장에서 기계를 인계 받았던 J씨나 D씨 같은 분들이 무엇 때문에 B씨가 그날 낮에 나갔다고 주장하겠습니까? 그 사람들이 이야기를 만들어서 하는 겁니까?"

"저는 분명히 그날 오후에 일했습니다. 일하고 나오니까 어두워졌고요."

"그렇다면 지금 둘 중에 하나는 거짓말을 하고 있는 겁니다. 그렇죠?"

"많은 시간이 흘러서 기억이 정확하지 않을 수는 있지만… 좌우간 일하면서 개표하는 데 가야겠구나 하고 있었거든요. 모르지요, 한두 시간 빨리 나왔는지도."

"한두 시간 빨리가 아닙니다."

"그 사람들이 몇 시라고 합디까?"

"대략 점심시간 무렵이랍니다."

"에이, 점심시간은 아닙니다. 어두워졌던데… 내 생각에는 밖이 좀 어두워져 있었어요. 3월 26일에 어두워지는 시간을 알아보면 되지 않습니까?"

"그러면 제가 한 가지만 더 질문하겠습니다. 국과수에는 원본 테이프를 그대로 제출했습니까?"

"예."

"그런데 「사건 25시」나 「그것이 알고 싶다」에서 방송된 내용을 보면 완전히 잘려나갔던데요?"

"그랬데요."

"그걸 누가 편집한 겁니까?"

또다시 긴 침묵이 흐르기 시작했다.

"방송국에서 한 겁니까?"

"그랬을 겁니다. 저는 있는 그대로…."

"그래요?"

"방송국에서 했겠지요. 우리는 녹음해서 주면 끝입니다. 우리가 편집하는 기술이 있습니까, 편집할 재주가 있습니까? 그 사람들이 알아서 하는 거지요."

"그렇게 말씀하시니 그러면 정리하는 차원에서 마지막으로 확인 좀 하겠습니다."

"저는 겪은 그대로 얘기할 뿐입니다."

"알겠습니다. 그러니까 성수 목소리는…."

"백 프로 맞아요."

"편집은 방송국에서 했다?"

"예."

"추적단추는 수화기로 눌렀고 그 과정에서 미끄러졌다는 것
도 사실이죠?"

B씨는 손동작을 보여 주면서 그때 상황을 재현했다.

"이렇게 누르잖아요. 그런데 이게 다 안 내려갔어요. 더 눌
러야 하는데 말예요."

"알겠습니다."

"그런데 제가 낮에 공장에 있었든 없었든 그게 무슨 상관이
있습니까?"

"있죠. 굉장히 중요합니다. 애를 찾기 시작한 것이 7시가 넘
어서지요."

"예. 퇴근하고니까요."

"그런데 만약 저쪽 사람들 주장처럼 낮에 공장에서 일찍 나
왔다면 B씨가 저녁 7시까지 어디서 뭘 했느냐는 거죠."

"허허!"

"어떻게 대답하시겠습니까?"

"그때 저는 공장에 있었습니다."

"그러면 J씨 공장이 가까운 곳에 있던데 잠시 들러서 J씨를
만나 보시겠습니까?"

"예?"

"J씨와 대면을 하시겠느냐고 물었습니다."

"저는 그때 일찍 나올 이유도 없고… 성수 엄마한테서 전화도 안 왔고… 아무튼 공장에서 일하고 있었어요."

"그러니까 한 30분이면 될 것 같은데 J씨를 만나 봅시다. 그리고 D씨도 만나 보고요. 도대체 그 사람들이 왜 거짓말을 하는지 저도 궁금하네요."

"저는 그날 늦게 나온 게 맞아요. 날이 어두웠거든요."

"알아요. 그러니까 그 사람들을 찾아가 혼을 내든가 위증죄로 고발하든가 해야겠어요. 그렇게 대놓고 거짓말을 할 수가 있습니까?"

"제가 일찍 나와야 할 이유가 뭐가 있겠습니까? 일하는 사람이…. 내가 그랬다면… 동네 사람들도 있고 민수 아버지도 있고 다 있었는데… 누가 봐도 봤지."

"그러니까 한 30분만 시간을 냅시다."

"그 사람들이 왜 그렇게 이야기하는지 답답하네."

B씨는 속 시원히 그러자는 대답을 하지는 않았다. 그러면서 계속 자신은 그런 적이 없다는 말만을 되풀이했다.

"그러니까 한번 들러 봅시다. 이걸 속 시원하게 해결해야지요."

"나는 그때 일찍 나오지 않은 것 같은데…."

약간의 침묵 뒤에 B씨가 불쑥 물었다.

"그러면 일찍 나왔다면 어떻게 됩니까?"

"일찍 나왔다면?"

"예."

"그럼 B씨는 저녁 7시까지 뭘 했습니까?"

다시 침묵이 흘렀다. 나는 B씨의 입에서 어떤 대답이 나올지 기다리며 심장이 두근거렸다. 순간적으로 세상의 흐름이 모두 정지된 것만 같았다.

"한 게… 없지요."

B씨는 어깨를 무너뜨리며 작은 소리로 대답했다. 나는 기대했던 대답이 아니라서 실망했다.

"그 말을 다른 사람들이 들었을 때는 이해할 수 없는 겁니다. 보세요. 애를 찾기 위해서 집에 왔으면 어떤 활동이 있어야 하는데 전혀 없었다 이거예요. 그날 낮에 동네에서는 애들을 찾는 움직임 같은 것이 없었다고 다른 사람들도 이야기하고요."

"낮에는 몰랐어요. 애들이 없다는 걸 안 건 나중이에요. 저는 분명히 공장에 있었어요."

"그러니까 J씨에게 들읍시다. 두 분이 탁 앉아서 당신들이 뭘 근거로 내가 그날 나왔다고 하느냐고 물어서 그 일을 확실히 해야지요."

"아는 사람들끼리 얼굴 붉힐 필요도 없고… 공장 동료거든요."

"그렇지만 이게 얼마나 중요한 일인데요."

"제가 없을 때 그 사람들이 한번씩 기계를 대신 봐주기도 했어요. 아프다든가 집안에 잔치가 있을 때 말예요."

"그럼 B씨는 그 두 분을 대면하지 않겠다는 이야깁니까?"

"하지요. 가 봅시다. 아무것도 아닌 것을 가지고 그러니까 답답하네."

"그럼 지금 가실까요?"

"점심이나 먹고 갑시다. 점심도 아직 못 먹었습니다."

"점심식사를 아직 안 했습니까?"

"먹으려고 하다가…."

"그럼 제가 기다리고 있겠습니다."

한 시간이 넘게 계속된 이야기를 끝내고 B씨는 집으로 들어갔다. 나는 B씨가 점심식사를 하고 나오기만 기다리기 시작했다. 그런데 약 10분이나 지났을까. B씨는 엉뚱하게도 한수 어머니를 데리고 나왔다. 한수 어머니는 나와 B씨 사이에 있었던 대화와는 관계없는 이야기를 꺼내면서 나를 신랄하게 비난하기 시작했다.

나는 넉 달 전에 한수 어머니에게 된통 혼이 났던 일을 기억하고 있었다. 한수 어머니는 말이 빠르고 상대방이 말할 시간을 주지 않는 가공의 말솜씨를 가진 사람이었다. 나는 한수 어머니를 보자 일이 잘못되고 있다는 생각이 들었다. 그리고 내 예상은 적중했다.

"아이를 잃어버린 부모들 입장도 생각해야 할 거 아닙니까? 그렇지 않아도 가슴이 아픈 부모들을 찾아와 이게 무슨 짓거리예요? 그때 낮부터 일찍 아이들을 찾아 나섰으면 찾을 수도 있었는데 부모들이 아이들을 찾는 데 소홀히 해서 이렇게 됐다는 거예요? 이게 무슨 경우예요?"

B씨가 다른 이야기를 전해서 한수 어머니를 자극했던 모양이었다. 한수 어머니는 계속해서 나를 몰아붙였고, B씨는 그 분위기에 편승해서 결국 J씨와의 대면을 피해 버렸다. 나는 막무가내로 흥분해서 비난하는 한수 어머니를 더 이상 어떻게 할 수 없었다. J씨와의 대면은 결국 실패로 돌아갔다. 서둘러 돌아오는 길에 나는 혼자 중얼거리듯 한마디 던졌다.

"조금만 끌어온다 싶으면 고백을 유도하려고 했는데…."

그 말에 친구가 즉각 반응을 보였다.

"내가 말했잖아. 아마 증거를 들이대도 안 될걸. 뭐래?"

"똑같은 소리야. 공장에서 나온 일이 없대. 그리고 중요한 부분에서는 질문의 핵심을 피하고…."

"아예 나온 일이 없대?"

"응."

"그 사람은 철저히 답변을 준비했을 거라고 했잖아. 자네가 그런 기회를 만들어 준 거야."

"막판에 한수 어머니가 흥분해서 막 쏘아붙이고 있을 때 내가 그랬거든. 부모들을 비난하려는 게 아니라 B씨가 공장에서 그날 낮에 나왔다는데 거기에 대해서 알아보려고 한다고."

"그랬더니 뭐래?"

"그래도 쉴 사이 없이 막 쏘아대더라고. 어쩔 수 없이 돌아섰지. 돌아섰다가 잠시 고개를 돌렸더니 한수 어머니 표정이 막 쏘아대던 때하고는 다른 거야. 계속되던 행동이 갑자기 멈추거나 바뀐다는 건 생각하는 시스템에 엉뚱한 정보가 걸려들었다는 뜻이거든. 흥분해서 막 쏘아 대다가 B씨의 알리바이에 대한 이야기가 나오니까 갑자기 어, 이게 아닌데 싶은 생각이 들었던 거야. 늘 느끼는 거지만 주변 사람들은 그 사건에 대하여 뭔가를 가슴에 담고 있는 것 같아."

"음…."

"노천탄광 알지? 석탄을 캐려면 땅 밑으로 힘들게 파고들어

가야 하는데 노천탄광은 글자 그대로 노천에 널려 있는 거야. 지금 이 사건이 그런 거라고 생각해. 주변 사람들이 B씨에 대해서 많은 것을 알고 있을 거야. 분위기만 조성되면 그냥 쏟아져 나올 정도로."

"성수 어머니도 옆에 있었던 것 같은데 아무 말 안 해?"

"성수 어머니는 처음부터 끝까지 고개만 돌리고 있고 전혀 말이 없었어. 그것도 말이 안 돼. 생각해 봐. 아들을 잃어버린 자기 남편을 의심해서 공장에서 나왔느니 들어갔느니 캐묻는다면 그렇게 가만히 있을 수가 있겠어?"

"말 주변도 없고 하니까 그저 듣고만 있었던 거 아닐까?"

"그럴 수도 있겠지. 하지만 내가 몇 차례 통화도 해봤는데 상당히 똑똑한 면이 있더라고."

"만약 실제로 6시까지 근무를 했고 중간에 나온 일이 없다면 왜 끝까지 대질을 피해 버렸을까?"

"나도 그 점을 이해할 수가 없어."

운전을 하면서 친구는 한동안 말이 없었다. 그러던 어느 순간 갑자기 황당하다는 표정으로 입을 열었다.

"허, 이건 말이 안 돼."

"뭐가?"

"내가 자네를 따라다닌 이래로 제일 이상한 게 바로 지금이야."

"뭐가?"

"B씨가 자네하고 그런 대화를 한다는 그 자체가 말이 안 된다는 거지. 생각해 봐. 자네가 그 정도까지 물었으면 그것은 '당신이 범인 아니오?' 라고 묻는 거나 다름없잖아. 바보가 아닌 이상 그 뜻을 모르겠어?"

"그렇지."

"가령 자네가 그 입장이라면, 아들을 잃어버린 피해자 입장이라면 그런 소리를 그냥 듣고 있겠나?"

"잘못하면 맞아 죽지."

"맞아 죽어도 할 말이 없지."

"그렇지. 이게 어떤 사건인데…."

"그런데 혹시 B씨의 성격이 남에게 모질게 못하는 그런 스타일 아닐까?"

"B씨가?"

"그러면 그럴 수도 있지."

"무슨 소리야. 애들이 납치됐는데 경찰에서 가출로 보고 적극적으로 수사하지 않는다며 본서에 쫓아가서 경찰 간부에게 폭언을 하고 굉장했다던데."

"그래? 참 의문투성이로군."

"그런데 B씨가 대질을 피했던 다른 이유가 있었을까?"

"글쎄. 그건 모르지만 나 같으면 정말로 공장에서 나온 일이 없다면 대질을 할 것 같은데 말이야. 왜 그 사람들이 나왔다고 하는지 궁금해서라도 가볼 것 같애."

"그건 그렇지. 하지만 B씨가 다 아는 사람들끼리 얼굴 붉힐 필요가 있겠느냐는 식으로 이야기했던 게 마음에 걸리거든. 인간관계가 중요시 되는 우리네 의식에서는 아는 사람과 얼굴을 붉히며 시시비비를 가린다는 게 때에 따라서는 쉬운 일이 아닐 수도 있으니까."

"에이, 그래도 그건 아니지. 쉽게 말해서 자기를 범인으로 몰고 있는데 무슨 소리야?"

"그러니까 말이야. 내가 노골적으로 저녁 7시까지 뭘 했냐고 물었고, 그걸 해명 못하면 심각한 상황에 처할 수도 있는 거잖아. 그런데 그냥 한 일이 없다고 얘기하면서까지 대질을 피했거든. 정말로 단지 과거 동료 관계만을 고려해서 그랬을까?"

"아무튼 여러 소리 할 것 없이 B씨가 그런 말을 그냥 듣고 있다는 것 자체가 말이 안 된다니까. 다른 것은 몰라도 그건 자신 있어."

"만약 B씨가 정말로 그들과 대질을 했더라면 어떻게 됐을까?"

"자넨 어떻게 생각하나?"

"글쎄. B씨는 J씨와 낚시도 같이 다니고 친분관계가 상당히 있는 것 같던데."

"음…."

"그 사람들이 나에게 했던 이야기를 그대로 B씨에게 했을까?"

"지난번에 찾아갔을 때는 그저 아무 생각 없이 기억나는 대로 이야기했지만 자기와 친분관계가 있는 사람이 부정한다면 얼마든지 말을 바꿀 수도 있겠지."

나는 다시 복잡한 생각의 미로에 빠져들어 헤매기 시작했다.

"정말 그럴까?"

"뭐가?"

"내가 이 사건에 손을 대기 시작하면서 제일 먼저 했던 게 뭔지 알아?"

"뭔데?"

"작년 9월 중순께 이틀에 걸쳐서 주위를 둘러봤어. 시골 사람들과 공장 근로자들이 모여 사는 그 마을에 4, 5년 전부터 개발사업이 진행되면서 어수선한 분위기가 돌더라고."

"분위기는 그런 거 같아."

"인간의 행동구조는 이중화돼 있거든. 내면 속의 나와 밖에서 행동하는 내가 따로 있지. 모든 인간에게 그 두 구조는 일치하지 않아."

"그게 정상이란 말인가?"

"그렇지. 왜냐하면 인간은 현실에서는 남들과 어울리며 살아야 하니까. 그런데 그 두 구조가 과도하게 분리된다면 문제가 되지. 속에 있는 자신의 판단과 겉으로 드러난 행동이 심하게 왜곡되는 현상을 보이는 거야."

"그래?"

"그 두 구조를 분리시키는 데 가장 핵심적인 요인이 두 가지 있는데, 하나는 권력이고 또 하나는 경제력이야. 물론 이 두 가지가 합쳐질 때는 대단한 위력을 발휘하지. 그런데 내가 수없이 B씨와 주변 사람들을 만나면서 느끼는 건데, B씨는 상대적으로 그 두 가지 조건을 다 가지고 있다는 생각이 들어."

"어떻게?"

"우선 다섯 부모들 중에 그곳이 태어날 때부터 고향인 사람은 B씨밖에 없어."

"터주란 말이지?"

"그렇지. B씨의 처가도 그 근처고 그 일대에 일가친척만 해도 줄잡아 삼십 명은 된다고 그랬거든. B씨의 가까운 친척이 개구리소년 실종 사건 수사본부를 관할하고 있는 경찰서에서 고급 간부로 근무하고 있고."

"지금도 근무하고 있대?"

"응. 말하자면 시골에서 권위를 유지할 수 있는 사회적 위치라는 거야. 게다가 물려받은 땅이 자그마치 당시로 10억 원이 넘는다는 거야. 그리고 교육도 B씨는 고등학교를 졸업했으니까 그 사건이 발생하고 나서 모든 면에서 실종 어린이 부모들을 대표했던 것 같아. 다른 부모들은 사실상 객지 사람들이거든. 사는 형편도 어렵고."

"매스컴에서 보면 주로 B씨가 나와서 설명도 하고 그랬던 게 그래서구나."

"실종 어린이 부모들이 왠지 B씨를 돕고 있다는 생각이 들어."

"뭐? 누가 누구를?"

그 순간 차체가 좌우로 진동했다.

"운전이나 잘해."

"누가 누구를 돕는다는 거야?"

"일부 부모들이 B씨를."

"에이, 너무 비약시킨 거 아닐까?"

"조금만 더 들어 봐. 오늘 한수 어머니의 행동을 보면 완전히 B씨 편이었거든."

"그야 이웃이고 같은 입장이니까 그럴 수도 있잖아."

"하지만 나는 실종된 자기 아들의 행방에 대해서 이야기하고 있는 사람이야."

"그래서?"

"그리고 작년에 한수 어머니나 아버지의 태도도 이해가 안가. 자기 아들의 행방을 추적하는 일이라면 돕겠다고 나서는 게 일반적일 텐데 말이야. 한수 어머니 같은 경우는 아예 방해해 버렸잖아. 물론 한수가 심리적으로 타격을 입을까 봐 그런다는 명분은 서겠지만 그때 내가 느낀 것은 그게 아니었거든. 마찬가지로 한수 아버지의 태도도 그랬고."

"그럼 일부 부모들이 뭔가를 알고도 감싸 준다는 말이야?"

"더 들어 봐. 내가 얼마 전에 민수 아버지에게 편지를 전한 일이 있었거든."

"그랬어?"

"응. 사건이 나고 약 2개월 후쯤에 주변에서 떠돌던 이야기가 있었을 거야. 그걸 좀 알고 싶었지."

"왜 그렇게 생각했는데?"

"얼마나 다급했으면 납치범의 목소리도 없고 추적단추도 누르지 않은 그 엉성한 대화녹음을 내놓았겠나?"

"이판사판이었다?"

"그렇지. 그 무렵에 어떤 중요한 이야기가 부모들 사이에서 오갔을 것으로 생각이 들었어. 그래서 그 편지에다 이 사건은 내부에서 누군가 조금만 도와주면 해결될 수 있다고 적었어. 미국에서 박사학위를 받고 대학에서 강의를 하는 사람이 엄청난 돈과 시간을 버리면서 이러고 다닐 때는 분명 그럴 만한 이유가 있으니 나를 믿어 보라는 식으로 말이야. 조용한 곳에서 한번 만나자고 제의했어."

"그래서 만났어?"

"아니. 내가 그 입장이었다면 나는 환영할 텐데 말이야. 내 자식의 행방을 알기 위해서라도. 안 그래? 이미 죽었다면 어떻게 그런 일이 벌어지게 됐는지 궁금해서라도."

"당연하지."

"그런데 응답이 없었어. 혹시 편지를 못 받았나 해서 한 열흘쯤 지나고 민수 어머니와 통화를 했어. 편지는 받아 보았는데 만나지는 않겠다는 거야."

"만나지 않을 이유가 없을 것 같은데…."

"그렇지? 그런데 내가 정녕 이해할 수 없는 것은 전화를 받는 민수 어머니의 목소리였어. 전화상으로 미세하게 떨리고 있었거든. 떤다는 의미는 두려움을 나타내는 건데… 뭐가 그렇게 무섭고 두려웠을까?"

"여자 마음이라 그랬지 않을까?"

"그 사건은 이미 3년이나 지났고 TV에 나와서 이야기하는 모습과는 전혀 달랐어. 또 자기 아들의 생사를 밝히자는데 떨 이유가 뭐야?"

"글쎄."

"내가 그런 편지를 썼다는 것은 범인이 내부에 있으니 나를 좀 도와달라는 말이거든. 그 정도는 눈치를 챘을 거라고. 안 그래?"

"그렇다고 봐야지."

"그런데 만나지 않겠다며 떠는 것은 무슨 의미일까?"

"……."

"객지 탄다는 말의 뜻을 이해하겠어? 객지에 가면 누가 아무 말 안 해도 왠지 위축되고 조심스러워지는 거 말이야. 뭔가를 마음에 담고도 당당하지 못한 경우가 얼마든지 있을 수 있거든."

"참, 그리고 보니까 태수네가 시내에 1억 원이 넘는 집을 샀다는 이야기와도 연결될 수 있겠네?"

"그렇지. 나머지 부모들이 뭔가 느끼고 있을 것 같아. 하지만 그것은 세월이 지나면서 부상하기 시작한 막연한 느낌이니까 무어라 할 수는 없는 거지."

"나머지 부모들도 속으로는 탁 터놓고 이야기하고 싶은데 말을 못한다?"

"소위 말해서 용기가 없는 거야. 그저 가슴에다 담고만 다니는 거지. 뭐가 됐든 자기 생각을 마음대로 내놓지 못하는 우리 사회의 잘못된 병폐가 이런 사건에서도 나타나는 것 같아. 어떻게 보면 이 사건이 지금까지 미제로 남게 된 원거리적인 원인은 수백 년 전 아니 그보다 더 먼 우리의 역사 속에서 찾아야 된다고 생각해."

"그거 재미있군."

"우리의 전통적인 교육은 그래 왔어. 분명히 자기 생각이 옳아도 그것을 사람들 앞에 내놓기가 쉽지 않은 사회적 분위기가 있었잖아. 아무 데나 나서면 진위와 상관없이 당장 건방진 놈이라는 말부터 나오니까. 바로 그런 사회적인 분위기가 진실과 정의를 물 마시듯이 삼켜왔던 거지."

나는 잠시 흥분해서 목소리를 높였다.

"교육의 근본이 뭐라고 생각하나?"

"교육의 근본이라…"

"난 이렇게 생각해. 먼저 정의와 진실을 불의와 거짓으로부터 구분해 낼 수 있는 판단능력을 배양시키는 일이라고. 또 하나는 그렇게 판단된 생각을 곧이곧대로 행동으로 옮길 수 있는 용기를 학습하는 거라고 생각해. 내가 미국에서 오래 살면서 느낀 것은 미국 교육의 핵심이 바로 그거라는 거야, 과학적 판단과 올바른 행동. 미국의 중학교 3학년짜리 아이들 중에는 두 자리 수 곱셈을 못하는 아이들이 수두룩해. 하지만 어른들이 그 애들을 함부로 대할 수가 없어. 왠지 알아? 곱셈은 못해도, 이웃 나라 수도가 어딘지는 몰라도, 뭐가 옳고 뭐가 그른지 정확하게 구분해서 행동으로 옮길 줄은 알거든. 그리고 누구 앞에서도 자신의 주장을 내세우는 데 익숙해 있거든. 우리가 볼 때는 무례하고 건방지고 막돼먹은 것 같지만 결국 그들이 이 세계를 좌지우지하고 있잖아."

"우리 애들이야 달달 외우는 데는 천재지."

"그거 외워서 뭐 하겠나? 중학교 때 맞아가면서 그토록 지겹게 외웠던 2차방정식, 그거 지금까지 단 한번이라도 써 먹어 본일 있나?"

"호호호… 없지."

"얼마 전에 식당에서 음식을 시켜놓고 기다리고 있는데 옆자리에서 여학생 셋이 떡볶이를 먹고 있었어. 음식이 짜고 맛도 이상하다며 낮은 목소리로 불평하는 소리를 우연히 들었어. 그런데 음식을 다 먹고 돈을 내면서 그중에 한 여학생이

'잘 먹었습니다' 하면서 고개를 숙여 인사까지 하고 나가더라고. 분명히 잘 먹은 게 아니었는데 말이야. 그런데 왜 잘 먹고 간다는 건지 그 이유를 한동안 생각해 봤지."

"습관이지."

"바로 그 습관이 그 집 음식을 계속 짜고 맛없게 만들어 주는 거야. 왜냐고? 그래도 장사가 되니까. 하지만 그 여학생들이 짜면 짜다, 맛도 이상하다고 자기 생각을 주인에게 이야기했다면 그 집 음식 맛은 분명히 발전할 거야. 안 그래?"

"그렇겠지. 아니면 주인이 바뀌거나."

"내 말은 이 사건이 지금까지 미제로 남게 된 근본적인 원인은 우리 모두에게 있다는 거야. 이제는 자기 생각이 옳다고 생각되면 주장하고 나설 수 있는 교육과 사회적 분위기를 만들어 가야 할 때가 왔다는 거지."

"그래서 누가 누굴 돕는다는 거야?"

엉뚱한 얘기를 너무 오래 한 모양이었다. 친구가 약간의 짜증기를 섞어가며 물었다.

"뭔가를 알고 있으면서도 그것을 지적하며 나서지 못한다면 결과적으로는 B씨를 돕고 있는 거 아니겠어?"

"……."

"자기 아이가 누군가로부터 살해됐을지도 모른다는 생각을 조금이라도 가지고 있다면 협조적일 텐데 말이야."

"……."

"아무튼 부모들 마음속에 뭔가 얽힌 이야기가 있는 것 같
아."

승용차가 톨게이트를 빠져나가면서 한동안 말이 없던 친구
가 불쑥 질문을 던졌다.

"녹음 편집에 대해서는 물어봤어?"

"응."

"뭐래?"

"자기는 그런 장비도 없고 그런 기술도 없다는 거야. 그러면
서 편집을 했으면 방송국에서 했을 거라고 대답하더라고."

"그건 아무나 할 수 있는 일인데, 뭘."

"재미있는 것은 '어딘데?' 라고 묻고 나서 그 뒤의 시간이
상식 이상으로 길었다는 것을 본인이 알고 있더라고."

"알고 있겠지."

"재미있는 일이야. 그런 사실을 대한민국에서 그 사람하고
나하고 두 사람만 알고 있다는 게."

"그 부분에 대해서 많은 신경을 썼겠지."

"더 놀라운 이야기는 전화를 받은 것은 성수 어머니였는데
어느 단추를 먼저 눌렀는지 B씨가 정확하게 기억하고 있더라

고."

"그게 무슨 말이야?"

"내가 녹음단추를 누르고 나서 추적단추를 눌렀느냐고 물었거든. 그랬더니 생각할 필요도 없다는 듯이 중간에서 내 말을 차단하면서 대답이 나오더라고."

"뭐라고?"

"아니라는 거야. 먼저 추적단추를 눌렀다는 거야."

"그건 미끄러졌다면서?"

"그러니까 결국 안 누른 게 됐잖아. 아무튼 추적단추부터 먼저 눌렀다는 거야."

"그것을 어떻게 기억해? 자기가 한 일도 아니고 또 했다고 해도 3년이나 지난 일을."

"하하하."

"왜?"

"왜 추적단추를 먼저 눌렀다고 자신 있게 주장했을까? 뭐 생각나는 거 없어?"

"글쎄."

"B씨는 그 녹음된 목소리에 대해서 철저하게 대답을 준비하고 있었던 거야. 반드시 추적단추부터 먼저 눌렀다고 주장해야만 해. 왜냐하면 만약에 그 순서가 바뀌면 치명적인 문제가 생기거든."

"어떤?"

"먼저 녹음단추를 누르고 나서 추적단추를 눌렀다면 수화기 머리 부분으로 추적단추를 누르면서 미끄러지는 소리가 그 원본에서 들려야 하거든."

"미끄러지는 소리?"

"응. 플라스틱과 플라스틱이 부딪히는 소리. 녹음이 진행되고 있는 상태에서 추적단추를 수화기 머리 부분으로 누르면서 미끄러졌으니까 그 소리가 들려야지."

"아, 그러네."

"그런데 원본에는 그런 소리가 없다 이거야. 그것을 B씨가 미리 계산했던 거지. 그 순서가 바뀌면 절대로 안 된다는 것을."

"정말 그러네."

"만약 그게 실제로 외부에서 납치범이 성수를 데리고 있는 상태에서 걸어왔던 전화였다면 그런 계산이 필요했겠나? 기억할 필요도 없고 기억할 수도 없는 거야. 안 그래?"

"당연하지."

"그리고 아니라며 신속하고 자신 있게 대답을 할 수가 있겠나? 자기가 한 일도 아닌데 말이야. 그것은 그 점에 대해서 사전에 의도적으로 대답을 준비했다는 말이야. 왜 그런 준비가 필요했을까?"

"흐음."

"생각해 내기도 어려운 그것을 왜 늘 마음에 담고 다녔을까?"

"하지만 이럴 수도 있잖아."

"무슨?"

"원본에 미끄러지는 소리가 없으니까 먼저 추적단추를 누른 거라고 생각했을지도 모르잖아."

"그게 그 소리야. 이게 정상적으로 밖에서 성수가 걸어 온 전화였다면 그런 세밀한 부분을 생각할 수도 없고 또 할 필요도 없는 거야. 그 순서가 뒤바뀌면 절대 안 된다는 생각과 그 이유를 생각해 내기는 쉬운 일이 아니거든. 자네도 지금까지 모르고 있었잖아. 그런데 아니라는 대답이 즉각적으로 나온다는 이야기는 사전에 그것에 대한 대답을 계산하고 준비했단 말이지. 그래야 할 이유가 도대체 뭐냔 말이지."

우리는 잠시 침묵에 잠겼다.

"B씨의 말대로라면 당시에 그 전화를 받았던 성수 어머니의 행동 순서는 따르릉 전화벨이 울리자 수화기를 들고, 한 손은 그대로 놔둔 상태에서 들고 있는 수화기 머리 부분으로 추적단추를 눌렀어. 그 다음에 손가락으로 녹음단추를 누르고 나서 '여보세요' 했다는 이야기야. 이게 상식적으로 이해가 돼?"

"상식적으로는 아니지."

"전화벨 소리가 울리면 수화기를 들고, '여보세요'라고 말하고, 상대방이 '엄마' 하니까 이상하다 싶어서 손가락으로 녹음단추를 누르고 바로 이어서 추적단추도 누르는 것이 상식적인 순서야. 혹시나 싶어서 추적단추를 반복해서 누르기도 하고 말이야."

친구가 고개를 끄덕거렸다. 얼마 지나지 않아 나는 집에 도착했고 그날 있었던 일을 하나하나 머릿속에 되새기기 시작했다. 밤이 깊어지고 있었다.

그날 밤 어둠 속에서 나는 B씨와의 대화에서 미묘하게 표현된 문구 하나를 기억세포에 그대로 떠올렸다. B씨는 내가 자기를 용의자로 간주하고 질문하고 있다는 것을 정확하게 인지하고 있었다. B씨는 이런 말을 했다.

'내가 그랬다면… 동네 사람들도 있고 민수 아버지도 있고 다 있었는데… 누가 봐도 봤지.'

나는 그 부분을 이렇게 해석했다.

'내가 당신 말처럼 공장에서 일찍 나와서 낮에 뭔가를 했다

면 동네에 사람들도 있었고 민수 아버지도 있었는데 누가 봐도 봤지 않았겠느냐.'

즉 아무도 본 사람이 없으니까 공장에 있었다는 주장을 믿어 달라는 무의식적인 표현이었다. B씨는 그 강력한 방어벽을 다시 한번 내 앞에 내밀었던 것이다. 동네 사람들도 많이 있었고 집 안에 세 들어 사는 사람들도 많이 있었는데 어떻게 나를 의심할 수가 있겠는가라는 무의식적인 호소였던 것이다.

실로 묘한 인간심리의 단면을 보는 것 같았다. 이것을 인수 할머니의 진술과 대조해 보면 이 얼마나 선명한 모순인가! 불러도 대답이 없었고 문이 잠겨 있었다는데!

제16장

영점짜리 답안지

내가 모든 자료를 준비해서 관할 지방검찰청 검사장을 만난 것은 1994년 3월 2일이었다. 그리고 내가 세운 가설을 한 시간에 걸쳐 상세하게 브리핑했다. 전반적인 분위기는 외관상으로는 긍정적이었다. 그러나 한 가지 마음에 걸리는 것이 있었다. 그 사건을 다시 경찰청에 넘기겠다는 결론이었다.

나는 처음부터 이 사건은 현 수사본부와는 별개로 진행되어야 한다는 생각을 갖고 있었다. 현 수사본부는 지금까지 수사를 잘못 진행시켜 온 것을 스스로 지적하기를 꺼려할 게 분명했기 때문이다. 그래서 나는 그 사건과 무관한 수사진을 구성하여 이 사건을 재수사해야 한다고 주장했다. 그런데 그것을 다시 경찰청으로 넘기려 하니 일이 잘못되는 것은 아닌가 하는 우려를 지울 수 없었다.

그러나 검사장은 수사본부의 인력과 기존의 수사 자료를 참조할 수밖에 없다고 설득했다. 나는 그 점에 동의할 수밖에 없었다. 한 개인의 주장만을 전해 듣고 명백한 증거도 없는 상태에서 검찰이 새로운 수사팀을 구성한다는 게 어려운 일이라는 것을 어찌 모르겠는가. 문제는 현 관할 경찰청에서 얼마만큼 강한 의지를 보일 것인가에 달려 있다는 생각이 들었다.

얼마 후에 그 사건은 다시 해당 경찰청으로 넘겨졌다. 내가 다시 현지에 내려와 경찰청을 찾은 것은 일주일 뒤인 3월 9일이었다. 경찰청장은 회의 때문에 서울에 가고 없었고 지시를 받은 강력과장 ○○총경을 만나게 되었다. 과장은 당시 그 사건에 직접 관여했던 폭력계장과 강력계장을 불렀다. 그들은 삼 년이 지났지만 그 사건의 내용을 대강 기억하고 있었고 그 사건의 일지를 찾아 회의에 참석했다. 나는 일주일 전 검사장을 만나 얘기했던 것과 똑같은 내용을 그들에게 전했다.

그들의 반응은 가장 고무적이었다. 그들은 오랫동안 각종 강력사건을 취급한 그 분야의 전문가들이기 때문에 이해가 훨씬 쉽게 되는 듯하였다. 그들의 반응은 이 새로운 가설에 대하여 긍정적이었고 B씨에게 강한 심증을 느끼는 것 같았다. 현상금은 김 박사님 거라는 이야기까지 나왔고 강력과장은 정식으로 계통을 밟아 수사본부와는 별개로 수사를 진행시키겠으며 필요하면 나의 조언을 요청하겠노라고 약속도 했다. 그날 회의를 마치고 나는 이 사건이 재수사되기를 기대하고 있었다.

그날 이후로 하루하루가 무척 길게 느껴졌다. 온종일 전화통에서 마음이 떠나지 못했다. 그러나 소식이 없는 일주일이 지나고 나자 서서히 마음이 무거워졌다. 내가 기대했던 것은 이미 제시된 근거를 바탕으로 조사하는 것이었는데 이토록 아무런 연락이 없다는 게 왠지 불안했다. 나는 경찰이 강력한 의지를 가지고 이 사건을 재수사한다면 일주일이면 해결할 수 있을 거라고 생각했다.

전화를 걸어 알아볼까 하다가도 너무 나서는 게 아닌가 싶은 생각에 참고 기다리기를 다시 일주일. 그제야 뭔가 잘못되고 있다는 생각에 과장에게 전화를 했다. 어떤 사실이 밝혀졌느냐는 질문에 공개수사를 할 수 없어 처음 생각보다 어렵다는 이야기와 조만간 나를 보자는 말을 전해 들었을 뿐이다. 나는 공개수사를 할 수 없다는 말에 무언가 앞을 가로막고 있음을 느꼈다. 3월 말경에 연락을 하겠다던 과장은 그 뒤로 연락이 없었다.

4월 초. 나는 적극적으로 나서서 무슨 일이 진행됐는지를 알아봐야겠다고 생각하고 과장과 통화를 시도했으나 주민등록 중 도난사건이 발생하여 출장 중이라는 연락을 받았다. 겨우 당시 회의에 참석했던 폭력계장과 통화하여 정황을 물었을 때 그들이 약속을 이행하지 않았음을 알 수 있었다.

폭력계장의 말은 이러했다. 별도로 수사팀이 구성된 게 아니고 그 내용을 현 수사본부에 내려 보냈고 거기에 수사요원을 보충하여 조사한 결과 B씨에게는 혐의점이 전혀 없는 것으로 서류상으로 보고받았다는 것이다.

착잡한 심정으로 하룻밤을 보내고 다음날 다시 폭력계장에게 전화를 걸었다. 그 사건을 조사했던 수사관들을 만나 어떤 근거로 B씨에게 혐의점이 없다고 결론지었는지를 알아보고 싶다고 이야기하고 본서에서 현 수사본부에 연락해 줄 것을 요구했다.

다음날 현지로 향하면서 마음이 복잡하게 요동치고 있었다. 고속도로에서 작은 교통사고를 당했으나 나는 그들과의 약속을 지키기 위해서 최선을 다했다. 오후에 수사본부 건너편 다방에서 그 사건을 재조사했다는 두 수사관을 만날 수 있었다. 40대 후반쯤으로 보이는 사람과 30대 중반 정도로 보이는 두 사람의 태도는 확실히 방어적이고 때로는 공격적이었다.

그들의 이야기는 이러했다. 경찰청에서 나의 가설을 인계 받아 약 3주 동안 만사를 제치고 집중적으로 조사했으나 B씨에 대해서는 단 1프로의 혐의점도 찾아볼 수 없었다는 것이다. 나는 당황하지 않을 수 없었다. 곧바로 마음을 정리하고 그렇게 결론 내린 근거를 조목조목 묻기 시작했다. 예를 들어서 B씨가 사건 당일 공장에서 나왔다는 것을 여러 사람이 분명하게 진술하고 있는데 그 점에 대해서는 조사해 보았느냐고 물었다. 그들은 그 점에 대해서 조사를 했으나 B씨의 알리바이는 전혀 이상이 없다는 것이었다.

나는 그 순간 내가 미처 파악하지 못했던 일이 있었던가 싶은 생각에 당황했다. 어떻게 B씨의 알리바이가 성립되느냐는 나의 질문에 성립되는 것은 분명하지만 어떻게 성립되는지는 이야기해 줄 의무도 없고 그럴 필요도 없다는 답변을 들었다. 내가 지적한 모든 의문점에 대해서 그들은 그런 식의 응답을 들려줬을 뿐 그에 대한 구체적인 내용은 전혀 제시하지 않았다. 그러면서 그들이 했던 말은, 수사관을 믿으라는 것이었다.

"김 박사님에게 이야기할 수 없기 때문에 말할 수 없을 뿐이지 그 사람에게는 전혀 혐의점이 없습니다."

그들의 산발적인 이야기를 종합하건데 공개수사는 없었고 간접적인 조사를 우회적으로 했던 것 같았다. 그들에게 다시한번 그 가설의 핵심을 조목조목 설명하기 시작했다. 그것을 듣고 있던 고참 수사관이 불끈 언성을 높이더니 '김 선생이 그런 식으로 이야기하면 우리는 더 이상 이 자리에 앉아서 김 선생 이야기를 들을 필요가 없습니다' 라며 다소 공격적인 반응을 보였다.

그가 화를 내는 이유는 이러했다. 내가 마치 B씨를 용의자로 단정하여 '…했던 것은 사실이다' 또는 '틀림없이 그렇다' 라는 표현을 쓰는 것을 수용할 수 없다는 것이었다. 예를 들자면 'B씨가 그날 낮 점심시간쯤에 공장에서 나와서 뭔가 했던 것은 사실이다' 라고 단정적으로 이야기해서는 안 된다는 것이었다. 그 점에 대해서 시비를 가리려 했다가는 그들이 자리에서 일어날 것 같아 그런 표현은 자제하겠노라고 약속하고 끝까지 이야기를 마쳤다.

그러나 그들의 대답은 확고했다. 공개적인 것은 아니었지만 재조사는 했고 그 결과 나의 가설은 그럴싸한데 전혀 틀린 개인적인 추리에 불과하다는 것이었다. 그들은 나에게 이 사건을 깨끗이 잊으라고 했다.

그들과는 더 이상의 대화가 필요하지 않음을 확인한 나는 다방을 나올 수밖에 없었다. 도로 건너편 B씨 집 앞에 주차된 승용차를 멀리서 바라보며 무거운 발걸음을 옮겼다. 내 차로 돌아오자 그제서야 오전에 사고로 놀랐던 근육에 통증이 오기 시작했고 깨어진 자동차 유리창이 험상궂게 보였다.

돌아오는 길은 한마디로 패잔병이 철수하는 모습 바로 그것이었다. 모든 것이 한꺼번에 주저앉고 있음을 실감하면서 나 자신도 서서히 혼미상태로 접어들고 있었다. 내 머릿속은 수만 가지 질문으로 요동쳤다.

정말로 그의 알리바이는 성립되는 것일까? 그렇다면 왜 그것을 밝히지 못한다는 것일까? 성수의 녹음 목소리를 누가 왜 어떤 목적으로 편집했겠느냐는 질문에 그들은 B씨와 마찬가지로 방송국에서 했을 거라고 했다. 그들이 B씨를 대변하고 있는 것은 아닐까? 아니면 정말로 방송국에서 편집했을까? 성수 어머니가 11시부터 성수를 찾아나서게 된 것도 합당한 이유가 있다는데 도대체 그게 무엇일까? 그렇다면 왜 B씨는 나와의 여러 차례 대화에서 거기에 대하여 전혀 언급이 없었을까? 또 화장실에서 있었던 B씨의 행동은 도대체 뭐란 말인가? ○○공장의 그 많은 사람들의 일치된 주장은 다 만들어낸 이야기란 말인가? 인수 할머니 또한 거기에 합세했단 말인가? 알리바이를 대라는 식으로 용의자 취급했을 때 보인 그의 반응이 과연 상식적으로 이해가 되는 것인가? 끝까지 대질을 피해버렸던 B씨의 행동은 또 어떻게 설명해야 할 것인가? 추적단추는 왜 누르지 못했느냐는 질문에 당황하다 보면 그럴 수도 있는 거 아니냐며 버럭 언성을 높이는 상황을 그대로 수용해야 하는가? 잃어버린 아들이 두 달 만에 전화를 걸어왔을 때 '어딘데?' 라고 물어놓고 그냥 수화기만 들고 있다가 전화를 끊어버린 어머니를 어떻게 이해하란 말인가? 나는 그들의 권유에 따라 정말로 이 일에서 손을 떼야 하는 것인가?

꼬리에 꼬리를 물고 이어지는 좌절과 혼란이 고속도로의 검은 아스팔트 표면에 선명하게 복사되어 기록으로 남고 있었다.

며칠이 지나고 서서히 그 충격에서 벗어나면서 나는 가장 근본적인 질문에 냉정하게 대답해야 했다. 그것은 내가 이 일에서 정말로 손을 떼야 하는가 하는 문제였다. 한동안 이 문제를 마음에 담고 많은 시간을 침묵해야 했다.

그리고 나는 하나의 결론에 서서히 접근하고 있었다. 말하자면 나는 답안지를 제출한 학생이고 그들은 그것을 채점했던 선생님인 셈이다. 그리고 그들은 나의 답안지에 영점을 준 것이다. 그러나 그 답이 어디가 어떻게 틀렸는지 알려 주지 않은 채 그저 영점이라고 통보만 해준 것이다. 정확히 말하자면 통보를 해준 것도 아니다. 학생이 궁금해서 몇 점이냐고 물으니까 영점이니 그렇게 알고 잊으라는 식이다.

아니다. 솔직하게 말하자면 채점을 했는지 안 했는지조차도 나는 모르고 있다. 그리고 아직도 구체적인 근거를 손에 쥐고 자신의 답안에는 이상이 없다고 믿고 있는 것이다. 대한민국 한복판에서 그것도 백주대낮에 어린이 다섯 명이 흔적도 없이 사라진 사건, 건국 이래 최대의 수사력이 동원되었다는 사건, 온 국민이 해결되기를 지금도 갈망하고 있는 이 사건에 대해서 상식적으로 이해가 안 되는 수많은 의문점을 던져버리고 눈을 돌려야 할 것인가. 그럴 수는 없다는 학자적인 양심의 깃발을 나는 다시 한번 확인하고 있었다.

1994년 초여름, 대검찰청에 다녀온 뒤로 나의 생각은 급선회하고 있었다. 이 문제를 해결할 수 있는 유일한 길은 과학적으로 나의 가설을 입증하는 것 외에는 아무것도 없었다. 그러나 먹고사는 문제에 발목이 잡혀 그해를 그렇게 그냥 넘기고 말았다.

제17장

풀린 미스터리, 남겨진 미스터리

1995년 가을. 외국에서 돌아온 친구와 나는 오랜만에 한적한 시골길을 걷고 있었다. 친구는 대뜸 질문부터 던졌다.

"뭐 좀 진전이 있었나?"

"행동이 없는데 진전이 있을 수가 없지. 백날 앉아서 생각만 하고 있으니 뭐가 달라지겠나."

"조마조마했네."

"뭐가?"

"내가 없는 사이에 자네가 사고를 칠 것 같은 기분이 들어서 말이야."

"사고?"

친구는 대답 대신 희미한 웃음을 감추고 있었다.

"신문에서 본 기억이 나는데, 영국의 어떤 천문학자가 주장하기를 예수님의 진짜 생일은 우리가 알고 있는 것보다 7년 전이라는 거야. 동방박사들이 보았다는 별을 추정해서 계산해 보니까 그렇다는 거지. 어때?"

"주장이야 아무나 할 수 있겠지만 신뢰성이 문제지."

"진위를 떠나서 나는 그 학자의 태도를 높이 평가하고 싶어. 오늘날의 인류문명을 이끌어 온 원동력은 진실 또는 사실을 밝히겠다는 인간의 호기심이었어. 그게 없었다면 짐승들처럼 발전이란 있을 수 없었을 테니까. 2000년 전에 있었던 어떤 사실을 밝히려는 그 태도! 진위를 떠나서 값있는 거라는 생각이 들어. 또 그런 황당한 주장을, 웃음거리가 될지도 모르는 주장을 학자로서 과감히 내놓는다는 게 쉬운 일이 아니거든. 요사이 주변을 보라고. 자기 체면에, 이름에 상처 내는 일을 피하려고 살피다가 먹혀든다 싶으면 나서고 아니다 싶으면 슬그머니 빠지는 세태 아닌가. 그 학자의 행동은 나로 하여금 많은 것을 생각하게 했어."

친구는 고개를 끄덕이고 있었다.

"피노키오 동화를 읽어 본 일 있나?"

"……."

"시간이 나면 한번 읽어 보게. 요정이 나타나서 나무 인형에게 생명을 불어넣으니까 인형이 사람처럼 걷고 말도 하고. 그때 피노키오가 내가 정말로 사람이 됐느냐고 물었지. 그랬더니 요정이 뭐랬는지 알아?"

"……."

"아니라는 거야. 진정한 사람이 되기 위해서 갖추어야 할 두 가지 조건이 있다는 거지. 그 요정은 먼저 '너는 너 자신이 용기 있다는 것을 입증해야 한다' 라고 말했고, 그리고 '너는 옳은 것과 옳지 못한 것을 구분하는 것을 배워야 한다' 라고 이야기했어."

"인간의 조건이 의외로 단순하게 들리는군."

"그 의미는 단순할지 모르지만 그것을 행동으로 실천하기란 말처럼 쉽지 않을 거야."

"쉬운 일은 아니지."

"그래서 인간사회가 바로 서려면 용기와 지식이 병행해야 된다고 생각해. 용기 없는 지식은 한자리에 틀어박혀 결국에는 썩어서 고약한 냄새로 주변 사람들에게 피해를 주고, 지식이 없는 용기는 아무데나 휘젓고 다녀서 그 또한 이 사회에 위험스런 존재고."

"맞는 말이야."

"그것이 나에게는 어떻게 먹고살아야 할 것인가라는 문제보다 더 중요하다는 생각이 들어. 지식인의 용기! 그것은 우리 사회의 기둥과 같은 거야. 어린이는 이 나라의 주인이요 우리의 미래라고 외쳐대는 이 대한민국에서 다섯 명의 어린이들이 백주대낮에 없어졌어. 그런데 왜 그 사건에 대한 구체적인 의문점을 갖고도 입을 다물고 있어야 하느냔 말이야. 내가 이런저런 것을 고려해서 없었던 것으로 하고 고개를 돌린다면… 한 가지 분명한 것은 나는 평생 죄책감을 느끼며 살아야 할 거라는 거야."

"이해는 해."

"왜 내가 평생 비굴한 사람이 되어 나 자신을 자책하며 살아야 하느냔 말이야."

나는 한동안 눈을 돌려 먼 산을 바라보다가 다시 돌아오고 있었다.

"나는 결심했네. 적당한 때를 보아 행동으로 옮길 거야."

"충분히 생각한 건가?"

나는 갑자기 속에서 뜨거운 불기둥이 치솟는 것을 느꼈다. 내가 그토록 싫어하는 단어가 다시 한번 나를 자극하고 있었기 때문이었다.

"생각?"

나는 흥분을 가라앉히려고 키 작은 들국화를 향해 고개를 숙였다. 그 은은한 향기를 나의 모든 뇌세포에 스미게 하려고 힘주어 호흡했다.

　"말이 없는 이 국화꽃을 보게. 청순하고 깨끗하지 않은가. 향기롭지 않은가. 오늘 밤 당장 몇 줄기 차가운 가을비에 쓰러져 어두움 속에서 그 모습을 접을지라도 지금은 향기로 고고하게 행동하고 있지 않은가 말이야."

　"……."

　"내가 필요한 것은 생각이 아니라 행동일세."

　"행동?"

　"그래, 행동. 나는 어느 시골 길가에 잠시 머물다 사라지는 키 작은 들국화가 될까 하네."

　"흠… 그게 자네 의지라면 해야겠지."

　"고맙네. 이제야 자네가 날 이해해 주는군."

　"그건 그렇고 그 뒤로 뭐 좀 알아낸 게 있나?"

　"있었지."

　"뭐?"

　친구는 빠르게 질문을 던지고 있었다.

　"나는 요즈음 승자의 기분이야. 하하하. 미스터리가 풀렸어."

"그래?"

"응!"

"하지만 검증을 받아야지."

"물론이지. 들어봐. B씨는 대화 녹음테이프를 두 번 보냈어."

"어디에?"

"국과수에."

"그래?"

"1차로 보냈을 때 국과수에서 그것이 원본이 아니라며 원본을 보내라고 주문했거든. 그래서 며칠 후에 다시 2차로 녹음테이프를 제출했어. 그런데 1차로 보낸 것과 2차로 보낸 것이 달라."

"다르다니? 대화 자체가 다르단 말이야?"

"아니. 대화는 두 개가 동일한데 뒷부분에서 전화 끊어지는 소리가 다르더란 말이지. 만약 내가 B씨로부터 받은 것이 진짜 원본이었다면 그것을 백번 복사해도 통화 길이가 같아야 하고 전화 끊어지는 소리도 분명히 같아야 하거든."

"당시 수사진에서는 그 사실을 알고 있었나?"

"전혀 모르고 있더라고."

"어떻게 다른데?"

"우선 통화시간이 5초 정도 차이가 있어."

"그게 중요한가?"

"물론이지. 그 차이가 아무것도 아니라고 생각하면 큰 잘못이지."

"구체적으로 어떻게 다른데?"

"녹음이 진행되고 있는 상태에서 통화를 마치고 전화가 끊어질 경우를 생각해 보자고. 그때 녹음된 소리는 모두 세 종류야."

"모든 대화 녹음은 그 셋 중에 하나라는 말이지?"

"그렇지. 첫째는 밖에서 먼저 수화기를 내려놓았을 경우, 두 번째는 안에서 받는 사람이 먼저 수화기를 내려놓았을 경우, 그리고 세 번째는 밖에서 수화기를 내려놓고 안에서 수화기를 내려놓기 전에 녹음정지 단추를 누르고 나서 수화기를 내려놓았을 경우 이렇게 세 가지야. 이 세 가지 이외에는 존재할 수가 없어. 그런데 그때 녹음된 소리는 모두 다르게 나타나야 해. 절대로 같을 수가 없어."

"어떻게?"

"우선 상대방이 밖에서 먼저 수화기를 내려놓았을 경우에는 4개의 소리가 들려야 해. 먼저 밖에서 걸어온 사람이 수화기를 내려놓는 소리가 들리고 이어서 비지(busy) 소리가 들리게 돼 있어."

"비지 소리가 뭐야?"

"통화 중일 때 '뚜뚜' 하는 소리. 그리고 이어서 전화를 받은 사람이 수화기를 내려놓는 소리가 들리고 나서 마지막으로 반드시 녹음이 정지되는 소리가 들리게끔 돼 있어."

"그래서 네 가지 소리가 들린단 말이지?"

"그렇지. 밖에서 먼저 수화기를 내려놓았을 경우에는 반드시 그 4개의 소리가 있어야 해. 물론 그 순서가 바뀔 수도 없고."

이해를 돕기 위해서 나는 수첩을 펼쳐서 친구 앞에 내밀었다.

밖에서 먼저 수화기를 내려놓았을 경우

"두 번째는?"

"두 번째는 대화를 마치고 안쪽에서 먼저 수화기를 내려놓았을 경우인데 이때는 2개의 소리만 있으면 돼. 먼저 안에서 수화기를 내려놓는 소리가 들리고, 그리고 바로 녹음 기능이 멈추는 소리가 들리게끔 돼 있어. 실험을 통해서 확인도 해보았는데 그 순서는 분명해. 그리고 또 하나 중요한 차이는 주파

수야. 비지 소리의 경우 125Hz의 주파수를 유지하고 있고 소리도 짧지만, 녹음이 정지되는 소리는 250Hz의 주파수가 유지되고 소리도 두 배나 길게 진행되거든."

안에서 먼저 수화기를 내려놓았을 경우

"그게 확실하게 나타난단 말이지? 수치로?"

"그럼. 그리고 마지막으로 밖에서 먼저 수화기를 내려놓고 난 뒤에 안에서 녹음정지 단추를 누르고 나서 수화기를 내려놓았을 경우에는 3개의 소리가 들려. 상대방이 수화기 내려놓는 소리, 이어서 비지 소리, 그리고 끝에 녹음이 정지되는 소리가 들려야 해. 이 경우에는 안에서 수화기 내려놓는 소리는 들리지 않지."

밖에서 먼저 수화기를 내려놓고 나서 녹음정지 단추를 누르고 수화기를 내려놓았을 경우

"앞에서 녹음을 정지시켰으니까."

"그렇지. 그런데 잘 들어 봐. B씨가 원본이라고 나에게 주었던 것에는 밖에 있는 상대방이 먼저 전화를 끊은 것으로 돼 있고 국과수에 1차로 제출한 것은 분명히 전화를 받은 사람이 먼저 수화기를 내려놓은 것으로 돼 있거든. 이것은 그럴 것이다가 아니라 부정할 수 없는 확실한 사실이야."

"그래서 통신 전문가인 유 박사를 찾았던 거야?"

"응. 두 개는 분명히 달라."

"그래서?"

"얼마 전까지만 해도 B씨가 그것을 편집했던 이유는 대화 없이 기다리는 시간이 너무 길었기 때문이라고 생각했잖아. 기억나?"

"응."

"물론 그것도 하나의 이유는 돼. 하지만 그보다 더 결정적인 이유가 있었어. 중요한 것은 B씨가 나에게 복사해서 건네줬던 것이 원본이 아니라는 사실이야."

"그래? 그럼 원본은 따로 있단 말이야?"

"그렇지! B씨는 그것이 원본이라고 했지만 원본은 분명히 따로 존재하고 있을 수밖에 없어. 잘 생각해 봐. 내가 가지고 있는 것에서는 밖에서 수화기 내려놓는 소리가 들리고 이어서

125Hz의 비지 소리가 들리고 있으니까 그 뒤에서 안에서 수화기 내려놓는 소리와 녹음이 정지되는 250Hz의 소리가 들려야 하는데 그 소리 두 개가 잘렸거든. 그러니까 원본이 아니지."

"비지 소리로 끝날 수가 없단 말이지? 그 뒤에 뭔가가 있어야 한단 말이지?"

"그렇지. 예외는 없어. 어느 경우에도 마지막에는 녹음이 정지되는 250Hz의 소리가 들려야 한다는 거야. 즉 밖에서 수화기 내려놓는 소리가 들리고 이어서 비지 소리가 들리는 걸로 녹음이 끝날 수는 없어. 그 뒷부분이 잘린 거야."

"그럼 자네가 원본이라고 믿고 있었던 것은 뭐야?"

"자명하지 않아? 원래는 밖에서 상대방이 수화기를 내려놓는 소리, 그리고 이어서 비지 소리가 들리고, 그리고 받는 쪽에서 수화기를 내려놓는 소리, 마지막으로 녹음이 정지되는 소리, 이렇게 4개의 소리가 정상적으로 녹음돼 있었어. 그런데 안쪽에서 수화기를 내려놓는 소리와 녹음이 정지되는 소리를 잘라버린 거지."

"후… 복잡하군. 이유가 뭐야? 그 부분에는 대화가 있는 것도 아닌데."

"차근히 더 들어 봐. 그런데 B씨가 1차로 국과수에 보낸 자료를 분석해 보니까 기이한 현상이 있었어. 이번에는 그 반대야."

"반대?"

"응. 우선 5초가 사라졌어. 게다가 이번에는 마지막에 250Hz의 녹음이 정지되는 소리가 들리거든."

"그럼 안에서 받는 사람이 먼저 수화기를 내려놓았다는 말인가?"

"그렇지. 바로 그거야."

"그럼 자기 아들이라고 주장하는 그 대화에서 아무 말 없이 자기가 먼저 수화기를 내려놓았다는 말인가?"

"말이 안 되지? 그러니까 잘 생각해 보면 그 녹음이 편집됐다는 것을 알 수 있어. 만약 성수 어머니가 먼저 수화기를 내려놓았다면 이상은 없어. 왜냐면 안에서 수화기 내려놓는 소리가 들리고 이어서 250Hz의 녹음정지 소리가 들리고 있으니까. 하지만 밖에서 상대방이 수화기를 내려놓는 소리와 이어서 들리는 비지 소리의 존재는 설명할 길이 없잖아."

"거 참!"

"요약하자면 내가 가지고 있는 것은 원본에서 뒷부분을 잘라버렸는데 국과수에 1차로 제시했던 것은 뒷부분을 남겨놓고 앞부분을 빼버린 거야."

필자가 원본이라고 믿고 가지고 있었던 것

B씨가 2차로 국과수에 제출했던 것

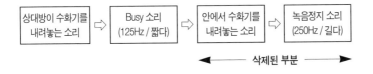

B씨가 1차로 국과수에 제출했던 것

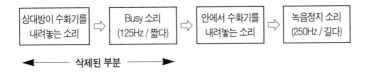

"후… 그게 사실이라면 왜 그랬을까?"

"이제야 선명한 그림 하나가 떠오르는데…."

"어떤?"

"분명한 것은 B씨가 원본에서 뭔가를 감추려고 했다는 거
야."

"감추려고? 뭘?"

"그 사건 초기에 B씨가 밖에 있는 성수와 같이 그 녹음을 조
작했던 거지. 헌데 그 대화 녹음에 결정적인 문제가 있었어. 성
수 어머니가 '어딘데?' 라고 물었는데 성수가 아무런 대답을

하지 않았어. 그리고 17초 정도를 그냥 기다린 거야."

"지금까지 그렇게 알고 있었잖아."

"하지만 그게 전부가 아니야. 17초가 경과하고 밖에서 먼저 수화기를 내려놓았거든. 그리고 바로 이어서 125Hz의 비지 소리가 들리고… 문제는 이 지점이야! 바로 이 지점! 잘 들어봐! 그때 전화를 받는 쪽에 있던 성수 어머니는 그냥 수화기를 들고 있었어. 귀로는 '뚜뚜' 하는 비지 소리를 들으면서 말이야. 그리고 수화기를 내려놓기 전에 뭔지는 모르지만 무슨 말을 했을 거야."

"무슨 말을?"

"그야 모르지만 결정적인 단서가 될 만한 내용이겠지. 가령 '애가 말을 하라는데 왜 안 하지?' 또는 '하라는 대답을 잃어버렸나?' 이런 식의 혼자 중얼거리는 말을 했을 거라고 봐."

"음….."

친구는 고개를 끄떡이고 있었다.

"아무튼 뭔지는 모르지만 있어서는 안 되는 뭔가가 거기에 녹음이 된 거야. 그리고 나서 수화기를 내려놓았던 거지. 그리고 마지막으로 녹음이 정지되는 소리가 들리고."

"복잡하기는 하지만 무슨 말인지는 알겠네."

실제로 있었던 원본에 대한 추정

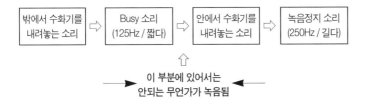

"이렇게 해서 실제로 존재했던 진짜 원본에는 모두 5개의 소리가 입력됐던 거야. 그것을 그대로 국과수에 보낼 수는 없었겠지."

"음… 그래서 있어서는 안 될 부분을 삭제했던 거란 말이지?"

"그렇지. 그 과정에서 먼저 앞부분(밖에서 수화기를 내려놓는 소리, 비지 소리, 그리고 있어서는 안 되는 부분)을 삭제해서 1차로 국과수에 보낸 거야."

"그럼 국과수에서는 그것이 원본이 아니라는 것을 알고 있었단 말인가?"

"그렇지. 그러니까 원본을 보내라고 주문했던 거야."

"그럼 B씨가 편집한 것을 국과수에 제출했다는 것을 당시 수사본부에서도 알았겠네?"

"알고 있었다고 봐야지. 왜냐하면 B씨가 1차로 보낸 것이 원본이 아니었다는 것만은 분명하게 알고 있었으니까."

"알고 있었다는 것을 어떻게 알아?"

"D 수사관이 그랬거든. 1차로 보낸 것이 원본이 아니어서 다시 보냈다고."

"그래?"

"응."

"어이없는 일이군. 그럼 국과수에서는 그것이 원본이 아니라는 것을 어떻게 알았을까?"

"당시 국과수에서는 그 녹음분석에서 대해서 두 가지 견해를 내놓았어. 먼저 성수의 목소리와 유사하기는 하지만 단서가 짧아 단정할 수는 없다는 것과 전화를 건 사람은 동전식 공중전화기를 사용했다는 점이야. 그런데 B씨가 1차로 국과수에 보낸 대화녹음에는 밖에서 수화기를 내려놓는 소리가 빠졌단 말이야. 그러니까 어떤 종류의 전화기를 사용했는지 분석해 볼 수가 없잖아. 그래서 그것이 원본이 아니라는 것을 알고 원본을 보내라고 했을 것으로 추정하는 거야."

"그렇군."

"국과수에서 원본을 보내라고 했을 때 가슴이 철렁했겠지. 그래서 2차로 보낼 때는 같은 것을 다시 보낼 수가 없어서 이번에는 뒷부분(있어서는 안 되는 부분, 받는 쪽에서 수화기를 내려놓는 소리, 그리고 녹음이 정지되는 소리)을 삭제하고 보냈던 거야. 무슨 말인지 알겠나?"

"이해가 가네."

"그게 1차로 보낸 것과 2차로 보낸 것이 시간상으로도 다르고 뒷부분에서 전화 끊어지는 소리가 다른 이유야."

"결국 있어서는 안 되는 부분을 삭제하다 보니까 그런 결과가 만들어졌단 말이지?"

"그렇지. 하지만 앞부분에 녹음된 대화에만 신경을 썼지 누가 그 뒷부분에서 전화 끊어지는 소리에 관심을 가졌겠나?"

"그럼 자네가 가지고 있는 것이 국과수에 2차로 보냈던 것인가?"

"그렇지. 내가 B씨로부터 받아서 원본이라고 믿고 가지고 있었던 것이 국과수에서 분석했던 것과 시간상으로 정확히 일치하니까. 27초."

"그러니까 결론은 그것도 원본이 아니네?"

"그렇지! 이제야 그 미스터리가 풀리지 않나? 언젠가 자네가 그랬지? 어떻게 원본을 없애지 않고 가지고 있었겠느냐고. 그건 자네 말이 맞았어. 역시 원본은 없애버렸어. 그래서 시간상으로 모두 다른 거야. 내가 가지고 있는 것과 국과수에 2차로 보낸 것은 27초, 국과수에 1차로 보낸 것은 22초 정도, 방송사에 제출했던 것은 13초 정도, 이런 식으로 말이야. 만약 실제로 존재했던 원본을 그대로 복사했다면 이런 일이 있을 수 없다는 것은 자명하지 않나?"

"흐음. 중간에 있어서는 안 되는 뭔가가 녹음되었다?"

"그거 말고는 그 기이한 현상을 설명할 수가 없어."

"그게 뭐였을까?"

"모르지. 하지만 사라진 원본에 있어서는 안 되는 뭔가가 있었던 것은 분명해."

"그걸 어떻게 장담하나?"

"이번 학기에 고대 대학원에서 인간의 감각 시스템에 대해서 강의를 하고 있거든. 주로 감각과 지각에 대한 강의야. 청각 능력에서의 개인차가 내가 생각했던 거보다 훨씬 크다는 사실을 알았어. 하하하. 내가 미쳤지. 뭐 하는 짓인지."

"왜?"

"명색이 물리심리학자라는 사람이 오죽 다급했으면 무당을 찾아 갔겠나."

"무당을? 왜?"

"신들린 사람들은 청각시스템이 너무 예민하기 때문에 보통 소리를 무슨 예언이나 계시로 해석할지도 모른다는 생각이 들었어."

"그래서?"

"청각이 매우 예민한 사람을 찾아다녔어. 운 좋게도 놀라울 정도로 청각이 예민한 어떤 여자를 만났어."

"그래서?"

"B씨가 1차와 2차로 국과수에 보낸 테이프를 그 여자에게 들려줬더니 단번에 하는 소리가 사람 목소리가 들린다는 거야. 거기에 사람 목소리가 들어 있다는 거야."

"그래?"

"놀라지 말게. 있어서는 안 되는 부분을 잘라내는 과정에서 맨 앞부분의 일부가 남아 있었던 거야. 하지만 당시에 편집했던 사람의 청각은 그것을 알아들을 수 있을 만큼 예민하지 못했겠지. 그러니까 여러 번 확인하면서도 거기에는 아무 소리도 없을 거라고 생각했겠지."

"그러니까 그게 무슨 소리야?"

"사람 목소리가 들린다는 부분을 확대해서 특수 장비로 들어보니까 '눌라 뿌라' 라고 말하는 남자 목소리의 '누~ㄹ~ㅇ' 발음이 들리더라고."

"그래? 분명해?"

"응."

"하지만 그 소리가 '눌라 뿌라' 를 의미한다고 어떻게 단정해?"

"소리에 민감한 사람은 그것을 알아들을 수 있다는 거야. 그래서 한글 음성 전문가를 찾아갔지. '눌라'에서 'ㄹ' 발음이 붙어 있으니까 처음에 '누'가 나오고, 이어서 'ㄹ'이 나오고, 그리고 바로 '아' 발음의 'ㅇ'이 상승하게 된다는 거야."

"흐흠!"

"이게 무슨 말이냐면 성수 어머니가 '어딘데?'라고 묻고 나서 성수의 대답을 17초 동안 기다리고 있어도 응답이 없자 옆에 있던 누군가가 '눌라 뿌라' 즉 '수화기를 내려놔라'라고 이야기했던 거야."

"커!"

"그러니까 그 대화가 녹음될 당시에 누군가의 보호 하에 있던 성수가 집으로 전화를 걸어왔어. 그리고 성수 어머니가 전화를 받을 때 누군가 옆에 있었다는 결론이지."

"누구?"

"그때 상황을 생각해 보게."

"B씨?"

"그렇게밖에 볼 수 없잖아."

가을걷이가 끝난 들녘은 그 넉넉한 공간에 석류빛 저녁노을을 가득 담아 품고 있었다. 건너편 언덕에서는 누렁이가 걸음

느린 주인을 따라 집으로 들어가고 있었다. 짧은 침묵 뒤에 우리의 이야기는 다시 시작되고 있었다.

"5월 31일에 B씨 집으로 모두 다섯 통의 전화가 걸려왔어. 경찰에서는 위치를 파악하려고 그날 성수네 집으로 걸려온 전화를 모두 추적했다는 거야. 재미있는 것은 나머지 네 통의 전화에 대해서는 모두 추적단추를 눌렀는데 자기 아들과의 통화에서만 누르지 않았어."

"하…."

"수화기 머리 부분으로 눌렀는데 미끄러지면서 제대로 눌러지지 않았다고 주장하고 있거든."

"그랬다고 했지."

"왜 누르지 못했을까?"

"그거야 전화를 건 쪽의 위치가 드러나니까 누르지 못했던 거 아닌가?"

"그럴까?"

"당연하지. 그때 성수는 누군가 보호자와 같이 있었을 테니까."

"하하하. 처음에는 나도 그렇게 생각했지."

"아니란 말이야?"

"그건 유치원생도 범하지 않을 어이없는 오판이었어. 틀렸어! 그게 답이 아니야."

"그럼?"

"이제야 그 미스터리가 풀렸어. 추적단추를 누르지 못한 이유 말이야."

"어떻게?"

"추적장치가 그 전화기에 설치된 것은 사건이 나고 20일 정도 후의 일이야."

"바로 설치된 게 아니고?"

"아니지. 왜냐하면 경찰에서는 가출로 보고 사흘만 기다리자고 했고, 사흘이 지나고 나서는 일주일만 더 기다려 보자는 식이었는데 어떻게 초장부터 추적장치를 달 수 있었겠나?"

"그러네."

"그래서 나는 B씨가 다른 집보다 먼저 개인적으로 녹음이 가능한 전화기를 구입했을 거라는 작은 가설을 늘 마음에 담고 있었거든. 왜냐면 그 대화녹음이 만들어진 것은 5월 말이 아니라 3월 말로 보고 있었으니까. 그런데 역시 내 추리는 정확했어!"

"다섯 집이 전화기를 동시에 구입한 게 아니고?"

"아니야. B씨가 제일 먼저 개인적으로 그 전화기를 구입했어."

"그거 확인한 거야?"

"응. 정확한 날짜는 모르지만 B씨가 먼저 그 전화기를 구입했다는 것은 확실해."

"뭘 근거로?"

"만약에 그 녹음이 이루어지고 있을 때 전화기에 추적장치가 달려 있었다면 단추를 눌렀을 거란 생각이 들더라고."

"위험하잖아."

"아니지."

"왜?"

"추적단추를 눌러도 그것이 전화국에서 확인되고 수사진에게 연락이 가기까지는 상당한 시간이 걸려. 단 27초 동안 공중전화기 앞에 머물다가 사라진다면 추적단추를 누른다고 해도 전화를 건 사람이 그렇게 신속하게 추적되는 일은 벌어질 수가 없을 거라고 계산했을 거란 말이지. 안 그래?"

"눌러도 안전하다고 생각했을 거다?"

"그렇지. 게다가 그런 전화가 왔다는 신고를 조금만 늦춰주면 안전하잖아. 안 그래?"

"그러네."

"하지만 추적단추를 왜 누르지 않았느냐는 의혹을 피하기는 어려운 일이야."

"그렇지."

"그것은 결코 쉬운 일이 아니야. 얼마나 다급했으면 손가락을 놔두고 수화기 머리 부분으로 추적단추를 누르면서 미끄러졌다고 하겠어."

"그러니까 당시에 그 전화기에 추적장치가 달려 있었다면 눌렀을 거란 말이지?"

"당연하지. 다시 정리하자면 그 대화가 녹음될 당시의 전화기에는 추적장치가 없었던 거야. 추적장치는 그 이후에 설치됐으니까."

"음…!"

"그래서 알아 봤어. 누가 전화기를 어디서 구입했는지 판매 기록이 남아 있는지 말이야."

"알아낸 게 있었어?"

"전화기를 팔았던 가게를 찾아냈어."

"햐. 아무튼 자네도 지독하구만!"

"가게 여주인이 기억하고 있더라고. 처음에 누군가 찾아와서 그 전화기의 기종을 지정하면서 구해 달라고 부탁했다는 거야."

"누군지는 기억하지 못하고?"

"응."

"그런데 전화기를 B씨에게 팔았다는 것을 어떻게 기억해? 자네가 그 가게를 찾았을 때는 거의 3년이 지난 뒤의 일인데."

"하지만 상황이 좀 달라. 왜냐하면 당시에 B씨가 요구하는 전화기가 자기 가게에 없어서 다른 가게에서 구해다 줬다는 거야."

"그때 상황이 특이하니까 기억할 수 있었단 말이지?"

"장사하는 사람들에게 물어 봐. 손님이 찾는 물건이 자기 가게에는 없어서 다른 가게에서 구해다 준 일을 기억하는지 못하는지. 다른 가게는 결국 경쟁 상대야. 경쟁자의 물건을 팔아 주는 일은 분명하게 기억에 남는다는 거야. 실제로 전자제품을 파는 가게 주인에게 그런 가상의 조건을 주고 기억하겠느냐고 질문했더니 뭐랬는지 알아?"

"기억한대?"

"씨익 웃으면서 '10년이 지나도 그런 일은 기억에 남지 않겠어요?' 하더라고."

"그래서?"

"한 대인지 두 대인지는 기억할 수 없지만 처음에 그 사람에게 전해주고 얼마 후에 같은 기종의 전화기를 자기 남편이 직접 나머지 네 집에 가서 달아줬다는 거야. 그것을 분명히 기억하더라고."

"자네 말대로라면 두 번째 미스터리가 풀린 셈이네."

"어때? 이 주장을 믿을 텐가 아니면 한 손은 놔두고 수화기 머리 부분으로 추적단추를 누르다가 미끄러졌다는 말을 믿을 텐가?"

나는 한동안 서쪽 하늘에 걸린 초저녁 반달을 응시하다가 무거운 한숨을 깊게 내쉬었다.

"후… 그런데 말이야."

"왜?"

"새로운 미스터리가 나타났어. 어쩌면 그것은 영구히 풀리지 않을 것 같다는 생각이 들기도 하고."

나는 얼른 괴로운 표정을 감추려고 고개를 돌렸다. 그것은 좌절의 입구에서 저항하는 마지막 몸부림이었다.

"무슨 일인데?"

"해괴한 일이야."

"왜?"

"수사기록에서 황당한 것을 보았어."

"무슨?"

"수사기록에 의하면 B씨의 알리바이가 입증되더라고."

시골길을 지키고 서 있는 희미한 가로등 밑을 걷다가 친구는 단번에 발걸음을 세웠다.

"뭐라고? 그게 입증이 된다고?"

"응."

"어떻게?"

"아침에 출근해서 일하다가 12시경에 투표하러 나왔다가 공장에 돌아와서 일을 마치고 6시에 퇴근했다는 기록이 있어."

"뭐라고?"

"그것이 미스터리야. 어떻게 누구로부터 그런 진술이 나왔을까? 본인은 죽어도 공장에서 나온 일이 없다는데 말이야."

"캬."

"말하자면 지금 세 사람 진술이 모두 달라. 나는 B씨가 그날 낮에 공장에서 나왔고 그날 공장에 돌아온 일이 없으며 그 이후로 그는 공장을 그만두었다고 주장하고, 수사기록에는 B씨가 출근해서 일하다가 12시경에 투표하러 나왔다가 다시 공장에 들어와 일을 마치고 저녁 6시에 퇴근했던 것으로, 본인 B씨는 아예 자기는 그날 낮에는 공장에서 나온 일이 없다고 주장하고 있어."

친구는 번개를 맞아 돌비석이 된 듯이 한동안 움직이지 못하고 있었다.

"잠깐!"

"왜?"

"그런 기록을 봤어?"

"응."

"분명해?"

"응."

"그렇다면 B씨가 그날 낮에 공장에서 나왔었다는 것을 당시 수사진이 확인해 준 거 아닌가?"

"……."

"그렇잖아?"

"그러네!"

"그럼 B씨가 거짓말했다는 것이 공식적으로 입증된 거 아냐?"

"정말!"

"게다가 일이 더 쉽게 됐잖아."

"무슨 말이야?"

"낮에 나와서 투표하고 공장에 돌아온 B씨에게 다시 기계를 넘겨줬다면 그것은 훨씬 정확하게 기억될 수 있는 일 아닌가?"

"그렇지."

"그런데 그 공장 사람들은 한결같이 B씨가 나간 이후로 공장에 돌아온 일이 없다고 했잖아?"

"같이 들었잖아."

"그게 사실이라면 어이없는 일이군. 대한민국 건국 이래 최대의 수사력이 동원되었다는 사건의 수사실태가 그렇다는 게 놀라운 일이야."

"하지만 사실인걸. 내가 눈으로 봤어. 게다가 내 주장이 옳다고 믿는 이유는, 물론 공장 사람들 주장도 주장이지만 실종 어린이 부모 중에 한 사람이 그것을 알고 있더라고. 이번에 또 그것을 확인했어."

"인수 할머니 말고?"

"다른 사람이야. 사건이 난 직후에 성수 어머니가 그날 낮에 전화를 해서 B씨를 집으로 불러들였다는 이야기를 들어서 알고 있더라고. 그 내용을 해당 부모들이 다 알고 있는 것 같아."

"정말로 모를 일이군!"

"그런데 어떻게 해서 그런 수사기록이 존재하게 됐는지 그것이 남겨진 미스터리야."

우리는 한동안 혼란스러운 마음을 정리하는 데 시간을 보내고 있었다.

"자넨 대한민국 경찰을 어떻게 보나?"

"무슨 뜻이야?"

친구는 내 질문의 의도를 알 수 없다는 듯이 고개를 갸웃거렸다.

"그들이 항간에서 말하는 것처럼 그렇게 엉성하고 무능하다고 보나?"

"……."

"나는 절대 그렇게 보지 않네. 주변에서 무능하게 만들 뿐이지."

"주변?"

"그들도 나만큼 생각했어."

"그런데 왜?"

"수사기록을 보니까 당시 수사진은 그 사건의 실체를 파악했거나 적어도 파악하려고 했던 것 같아."

"그래?"

"잘 생각해 보게. B씨의 알리바이에 눈을 돌렸다는 이야기가 뭘 의미하는지."

"음… 그럴 수도 있겠군."

"적어도 B씨 주변조사는 했다고 보는 게 옳지 않겠나?"

"그게 맞겠지."

"태수네가 사건이 날 당시에 사글세를 살다가 1년 반쯤 후에 시내에 1억 원이 넘는 집을 샀다는 이야기 기억나지?"

"응."

"당시 수사진은 그 점에 대해서도 조사를 했더라고."

"흠… 그랬군."

"그것도 남겨진 미스터리야."

제18장
방송사 R PD와 청와대 B 과장

　1995년은 바쁜 해였다. 캐나다 몬트리올에서 열린 세미나에 참가하고 돌아온 후 11월 24일 오전 10시경 나는 모 방송사 R PD와 통화 중이었다.

　"어제 인사도 없이 급히 떠나는 바람에 이야기를 못했는데 알아봤습니까?"

　"아참, 왜 그렇게 서둘러 떠났습니까?"

　"청와대 B 과장이 떠날 때 무슨 말인가 할 거라고 생각하고 따라 나왔는데 아무 말이 없더라고요. 어떤 것 같아요?"

　"내가 보기에는 어느 정도 생각이 있는 것 같아요."

　R PD는 모 방송사에서 우리 사회의 어두운 부분을 지적하고

고발하는 프로그램을 담당하고 있었다. 그런 프로그램이 주는 인상하고는 걸맞지 않는 왜소한 체구에 나약해 보이는 듯한 사람이었다. 그런 내 생각을 완전히 뒤집어 놓은 것은 지난 9월 30일경, R PD와 우리 일행이 현지에서 B씨를 만나고 난 뒤였다.

9월 30일 오후 7시경 우리 일행은 B씨가 우리를 피하려 한다는 판단을 내리고 사전에 예고 없이 B씨 집으로 찾아들었다. 예상했던 대로 B씨는 집에 있었다. 그리고 약 2시간에 걸쳐 B씨에게 하나하나 짚어가면서 묻기 시작했다. R PD는 모든 의문점에 대한 B씨의 응답을 카메라에 담고 있었다. 그러나 그는 예전과 마찬가지로 모든 것을 부정하고 있었고 중요한 부분에서는 말머리를 전혀 엉뚱한 데로 이끌면서 시간을 넘기고 있었다.

우리는 다음날 아침 8시에 다시 와서 결정적으로 중요한 이야기를 하겠노라고 전해놓고 집에서 나와 근처 여관에 모였다. 그리고 그의 반응을 분석하며 많은 이야기를 나누었다.

다음날 아침 8시가 조금 못 된 시각에 우리 일행은 B씨 집 앞 놀이터에서 그가 나오기를 기다리고 있었다. 8시 정각에 B씨가 대문 앞에 모습을 나타냈다. 나는 B씨와 벤치에 나란히 앉았고 R PD는 내 옆쪽에 서 있었다. 그리고 카메라 기술자는 앞쪽에서 모든 것을 담고 있었다.

내가 말을 막 끄집어낼 무렵 B씨는 슬그머니 일어나면서 언성을 높이며 '그래서 내가 뭘 어쨌단 말이야?' 라며 의도적인 공세를 취했다. 그와 같은 태도는 지금까지 나에게 보여주었던 것과는 전혀 달랐다. 주위는 갑자기 긴장감이 돌았다. 그는 다시 공격수위를 높였다.

"그래서 뒷골방이 뭐 어쨌단 말이야? 말해 봐!"

나는 그 순간 그가 왜 그렇게 거친 반응을 보이는지 충분히 간파할 수 있었다. 어떻게 해서든지 소란을 피워 대화 자체를 방해할 목적이라는 생각이 들었다. 나는 1년 8개월 전에 있었던 일을 상기하고 있었다.

○○공장 목격자들과 대질하러 가자고 요구했을 때 그는 점심을 먹고 가자며 집으로 들어가고 나는 대문 앞에서 기다렸다. 그런데 난데없이 한수 어머니가 나타나 나에게 퍼부어 댔던 것이다.

그와 유사한 일이 벌어질 조짐이 보이고 있었다. 그러나 이번에는 상황이 전혀 달랐다. 그의 모든 행동을 카메라에 담고 있었기 때문이다. B씨는 드디어 나를 향해 주먹을 날렸다. 두 번은 가슴을 향하여 그리고 마지막은 얼굴을 향하여 둔감한

펀치가 날아들었다. 나는 약간 물러설 뿐 피하거나 대응하지 않았다. 그의 의도에 휘말려서는 안 된다고 판단했기 때문이었다. 곧 R PD가 중간을 가로막고 나섰다.

"왜 이러십니까? B씨가 떳떳하다면 이럴 필요가 없지 않습니까?"

"저런 사람 말을 믿지 마세요."

"믿고 안 믿고는 우리가 판단하는 거지 이렇게 흥분할 필요가 없지 않습니까? 사실 김 박사님으로부터 이런 식의 이야기를 들은 게 한두 번이 아니잖습니까?"

B씨는 계속 나를 향해 덤벼들 기세를 보이고 있었다. 나는 그 자리에서 빠져야 한다고 생각했다. 분위기를 엉망으로 만들면 안 되는 상황이었다. 나는 슬그머니 한쪽으로 빠지고 이제 그 임무는 가냘프게 보이는 R PD 손으로 넘어갔다.

그때부터 무려 2시간 가까이 R PD가 달라붙기 시작했다. 그러나 B씨는 증언자들과의 대질을 끝까지 피하고 있었다. R PD 역시 쉽게 손을 떼지 않았다. B씨가 집으로 발걸음을 돌리려고 방향을 잡는 것 같으면 슬그머니 그 앞쪽을 가로막고 질문을 던지면서 능숙한 솜씨로 B씨와 나란히 자리를 잡고 앉았다.

그리고 결국 R PD는 내가 하지 못했던 것을 하고야 말았다. B씨에게 당신이 범인이라는 말을 건네고 있었다. 목격자도 있고 증거도 있고 집안 내부에 매장돼 있다는 제보도 받았다며 마지막에는 뒷골방을 파보자는 이야기까지 했다. 나는 마지막 승자의 모습을 보고 있었다. 그게 R PD다.

그 R PD의 차분한 목소리가 다시 들려오고 있었다.

"김 박사님과 저는 만에 하나 일이 잘못되면 처벌받을 각오가 돼 있다고 강력한 의지를 보였습니다. 아무튼 더 기다려 봅시다."

"수고가 많습니다."

"그리고 시간이 갈수록 심증이 더 가요."

"왜요? 뭐가 있었습니까?"

"생각해 보세요. 우리가 지난번에 뒷골방을 파보겠다고 이야기했는데, 지금 3주가 지났는데도 아무런 반응이 없단 말입니다. 이런 일은 처음이에요. 항의 전화나 아니면 법적으로 어떤 조치를 취하겠다는 식의 이야기가 한번쯤은 들려 왔을 텐데 말입니다. 전혀 말이 없어요."

"R PD님은 심증이지만 저는 확신합니다. 문제는 서둘러야 하는데… 파보겠다고 이야기를 했으니까 그 쪽에서도 뭔가를 하지 않겠습니까?"

며칠 후 11월 29일 오후 2시경 나는 다시 R PD와 통화를 했다.

"오늘 오전에 청와대 B 과장한테서 연락이 왔습니다."

"뭐라던가요?"

"수사본부에 내려가 보겠다고 하더라고요. 그래서 제가 만류했습니다. 김 박사님 생각은 어떤가요?"

"잘했습니다. 현지 수사본부에 가봐야 그들의 결론은 이미 정해져 있습니다. 오히려 더 안 좋을 수 있죠. 아무튼 이 수사는 현 수사본부와는 별개로 진행돼야 합니다. 그들은 이미 B씨에게 단 1프로의 혐의점도 없다고 이야기하고 있으니까요."

"저도 그렇게 이야기했더니 김 박사님과 상의하자며 내일 다시 만나자고 하더라고요. 그래서 김 박사님이 내일 11시까지 이쪽으로 와 주셨으면 합니다."

다음날 12시경 청와대 근처 어느 음식점에서 나는 모 방송사 L 부국장, R PD, 그리고 청와대 B 과장과 자리를 같이했다. 먼저 B 과장이 입을 열었다.

"윗분들에게 보고했습니다. 그런데 그분들 역시 지난번에 제가 이야기한 것처럼 범행동기가 약하다며 고개를 갸웃거리더군요."

"동기요?"

나는 반문했다.

"예. 다섯이나 되는 아이들을 살해하지 않을 수 없었던 동기 말입니다. 김 박사님의 주장처럼 우발적인 사고를 은폐하려고 했던 게 발단이었다고 보기에는 설득력이 떨어지는 거 같아요."

나는 그의 말에 약간의 경계심을 느꼈다. L 부국장과 R PD 는 숨을 죽이고 있었다.

"물론 제가 완벽한 범행동기를 제시했다고 생각하지는 않습니다. 솔직히 말씀드리자면 범행동기는 모르죠. 하지만 이상한 점들이…."

"아, 물론 저도 심증은 가고 분명히 뭔가 있다고 생각합니다. 그런데 문제는 윗분들을 어떻게 설득하느냐 이겁니다. 단번에 귀에 쏙 들어오는 그런 게 있으면 일이 쉬운데 말이죠."

이번에는 R PD가 나섰다.

"동기는 모르죠, 지금으로서는요. 하지만 이런 사례도 있지 않습니까?"

우리의 시선은 일제히 R PD 쪽으로 집중되었다.

"지난번에 부유층 사람이 자기 아버지를 살해한 사건이 있었죠. 그 사건 초기에는 아무도 그 사람을 의심할 수 없었습니다. 처음엔 살인 전문가의 소행이라고 보았거든요. 그때 그 사건의 동기 역시 추측하기가 거의 불가능했을 겁니다. 탄탄한

미래가 보장되고, 부유한 환경에, 도대체 무슨 동기가 외견상으로 나타나겠습니까?"

B 과장이 수긍하는 기미를 보이자 L 부국장이 무게를 더하며 밀기 시작했다.

"그렇습니다. 이 사건도 결국 밝혀지면 어이없는 어떤 범행 동기가 있을 겁니다. 사실 범행동기가 일반적으로 쉽게 파악될 수 있는 그런 거였다면 지금까지 이 사건이 미제로 흘러오지 않았을 겁니다. 지금 김 박사님에게 모든 것을 다 내놓으라고 한다는 것은 무리가 아닌가 싶습니다."

B 과장은 수첩에 무언가를 기록하고 있었다.

"좋습니다. 그건 그렇다고 치고, 또 하나 이해가 안 되는 것이 있습니다. 그 목소리 녹음을 김 박사님은 어떻게 구했습니까?"

"그거요? 제가 B씨로부터 얻었습니다."

"그게 좀… 말이 이상하지 않아요? 이를테면….'

"예. 무슨 말씀인지 압니다."

"아시겠죠? 그 사람은 상당히 머리가 좋은 사람인 것 같은데 여러 가지 정황으로 볼 때 그런 결정적인 자료를 김 박사님에게 넘겨준다는 게…."

전현직 대통령을 모시며 베테랑급 수사 감각을 가진 B 과장의 질문은 예상대로 나의 취약점을 예리하게 파고들었다. 그 순간 L 부국장과 R PD도 내 쪽으로 시선을 돌렸다.

"제가 이 가설을 정립하는 데 가장 곤혹스러웠던 게 바로 그 점이었습니다. 하지만 그것은 불운과 실수였다고밖에 볼 수 없습니다."

"불운과 실수?"

"예."

"불운이 뭡니까?"

"제가 녹음 목소리를 듣기 위해서 그 집에 들어갔을 때 거기에는 20여 개의 테이프가 있었습니다. 제가 아무거나 하나 짚어들고 이게 원본이냐고 물었을 때 그 사람이 주춤거리다가 '맞다'고 했습니다. 그것을 제가 직접 리코더에다 짚어 넣었거든요. 그 순간 B씨는 그것을 저지하는 것이 오히려 의심받는 행동이라고 생각했을지도 모르죠. 그리고 세월은 당시로 이미 2년 8개월이나 흘렀고, 국과수에서도 아무것도 밝히지 못했는데 지금에 와서 이걸로 뭘 하겠느냐는 식의 과감한 성격과 방심이 만들어낸 실수였다고 생각됩니다."

그날 B 과장이 이 문제점을 들고 나올 것을 예상해서 나는 미리 준비한 게 있었다. 나는 안주머니에서 작은 쪽지 두 장을 꺼내 B 과장 앞에 내놓았다. 모두의 시선이 그것에 집중되었다.

"이게 뭔지 아시겠습니까?"

"무슨 커닝페이퍼 같은데요."

"맞습니다. 채점을 하다보니까 한 학생의 답안지 사이에 이 커닝페이퍼가 들어 있더라고요. 말하자면 그 학생은 이걸 답안지와 같이 제출한 겁니다. 제대로 보고 썼는지 좀 봐달라는 식으로 말입니다. 그 학생이 이것을 보고 쓸 때는 들키지 않으려고 무진 노력을 했을 겁니다. 하지만 이제는 다 끝났다고 생각한 마지막 순간에 결정적인 실수를 했던 겁니다. 사람의 실수는 글자 그대로 실수입니다. 도저히 이해할 수 없는 경우가 얼마든지 있을 수 있습니다."

"저도 김 박사님의 주장을 부정하는 것은 아닙니다. 아무튼 뭔가 있다는 생각은 드는데… 아, 그리고 김 박사님의 이런 주장을 다른 기관에서도 알고 있습니까?"

"제일 먼저 현지 수사본부에 이야기했고, 당시 검찰총장도 알고 있었고, 또 해당 경찰청 간부들, 그리고 모 월간지에도 이야기했습니다."

"나라에서 해야 할 일로 많이 돌아다니셨군요."

"아참! 그리고 안기부에서도 관심이 있는 모양입니다."

"안기부요?"

"예."

"찾아갔습니까?"

"아닙니다. 8월 중순 무렵에 카이스트로 안기부 직원이 찾아왔더라고요."

"어떻게 알고요?"

"그건 모르겠습니다."

"안기부에서는 뭐라던가요?"

"두 차례 만나 상세하게 설명하고 자료도 넘겨줬습니다. 그리고 얼마 후에 들은 이야기는 충분히 가능하다며 안기부 수사진이 내사를 할 수도 있다는 말을 들은 게 끝입니다."

"이상하네. 안기부에서 내사를 했으면 왜 지금까지 말이 없지?"

"그 점에 대해서는 안기부도 사실 적극적인 내사는 없었을 것으로 봅니다. 제가 이 사건을 해결하려고 여기저기 두드리고 다니면서 느낀 것은 이 사건이 뜨거운 감자라는 것입니다. 지금까지 이 이야기를 들었던 모든 사람들은 분명히 뭔가 있을 것 같다며 동감을 보였거든요. 그럴 것 같지 않다는 사람은 단 한 사람도 없었습니다. 문제는 확실한 증거가 없는데다 사건이 민감해서 만에 하나 아닐 경우를 먼저 생각하는 것 같았습니다. 버리자니 말이 되는 것 같고, 달려들자니 부담이 되고…."

"음… 아무튼 이게 쉬운 일은 아닙니다. 결국 위에서 재가가 있어야 합니다. 그런데 김 박사님과 R PD님은 어떻게 연락되기 시작했습니까?"

그 질문에는 L 부국장이 대답했다.

"사실 저희가 이 사건에 대해서 김 박사님과 인연을 맺은 것은 최근이 아닙니다. 1994년 9월에 김 박사님이 한 통의 편지를 보내왔습니다. 그것을 늘 마음에 담고 있다가 얼마 전에 저희가 김 박사님을 찾아갔던 거죠."

"그랬군요. 아무튼 보고서를 윗분에게 다시 올리겠습니다. 만약 위에서 재가가 떨어지면 우리 청와대 수사팀이 직접 내려갈 수도 있습니다. 거기에 김 박사님도 참여해서 미묘한 부분에서 조언을 해야 합니다."

L 부국장과 R PD는 자세를 바로잡고 서로 눈길을 주고받았다. 잠시 후 L 부국장이 먼저 입을 열었다.

"그럼 저희는 그 과정에서는 배제된다는 말입니까?"

"그렇죠. 윗분들이 허락하지 않을 겁니다. 수사가 진행되고 있는 동안 카메라가 들어오는 것은 곤란하지 않겠습니까?"

긴 이야기는 식사와 함께 마무리되었다. 식당 앞에서 헤어질 무렵에 B 과장은 나에게 간단하면서도 사실은 제일 중요한 질문을 던졌다.

"그런데 말입니다. 만약 이게 사실이 아니라면 그 책임을 어떻게 감당하시겠습니까?"

비수 같은 질문이 나를 잠시 침묵케 했다.

"진실을 밝힌다는 게 쉬운 일은 아니라는 것을 잘 알고 있습니다. 모든 것을 법대로 따를 각오는 돼 있습니다. 진실과 거짓은 가려져야 된다고 생각합니다. 그것이 우리가 해야 할 일이니까요."

가벼운 미소를 입가에 띠며 B 과장이 손을 내밀었다.

"해 봅시다."

"해야 합니다."

제19장
가해자와 피해자의 거리

지금까지 미스터리로 남아 있었던 몇 가지 의문점들을 해결하는 데 성공했지만 아직도 내 마음속에는 명쾌하지 못한 문제 하나가 남아 있었다. 청와대 B 과장을 만나고 결과를 기다리며 한동안 시간을 보내고 있던 나는 어느 날 다시 친구를 만났다.

"이제 아예 백발일세, 그려."

머리에 눈을 뒤집어쓴 채 커피숍에 들어서는 친구에게 나는 농담을 던졌다.

"그러지 않아도 지난번에 서울에 다녀온 이야기가 궁금해서 한번 보려고 했어."

"다 좋은데 그 빌어먹을 동기가 문제야."

"왜?"

"내가 현장을 본 것도 아닌데 모두들 날더러 동기를 내놓으라고 하니 말이야."

"그 사람들이?"

"응."

"답답한 일이군. 동기는 사건이 밝혀져야 알 수 있는 거 아닌가?"

"그래서 나름대로 그 부분을 좀더 세심하게 분석해 봤어. 물론 범행동기가 뭔지는 모르지만… 아무튼 사건 초기의 상황을 물리심리학적 근거에 비추어보면 희미하게 뭔가 보이는 거 같기는 해."

"물리심리학? 오늘 잘못 걸려들었구먼."

"강의 듣는 셈치고 들어보겠나?"

"해봐."

"물리와 심리는 반대야. 물리는 눈에 보이는 현상이고 심리작용은 눈에 보이지 않지. 그러니 어떻게 보면 물리심리학이라는 단어는 사람을 현혹하고 있는지도 모르지. 간단히 이야기해서 물리학에서 쓰고 있는 이론 또는 공식을 심리현상을 설명하는 데 적용해 보자는 거지."

"개념적으로?"

"꼭 그런 것만은 아니야. 예를 들자면 무게, 거리, 속도, 저항 같은 것들의 개념이 그대로 적용될 수 있으니까. 지구가 중력을 가지는 것처럼 인간의 마음도 심중력을 가질 수 있다는 말이야."

"심중력이라는 말은 처음 듣는군. 좀더 쉽게 설명해 봐."

"심중력이란 각각의 자극이 가지고 있는 잡아당기는 힘이라고 생각하면 상당히 정확한 거야."

"잡아당기는 힘?"

"응. 좀 복잡하지만 신경만 쓰면 이해는 갈 거야. 포기하지 말게. 자넨 인류사상 처음으로 등장하는 개념을 접하고 있으니까. 하하하."

"뭐가 됐든 새로운 건 흥미가 있지."

"물체를 예로 들어 보지. 주변에서 쉽게 볼 수 있는 접시를 생각해 보게. 접시는 8도에서 대푯값이 형성됨을 알 수 있어."

"대푯값이 뭐야?"

"그냥 쉽게 가장 전형적인 접시라고 생각하면 돼."

"오케이."

"내가 텍사스 공대에서 했던 실험을 예로 들지. 접시의 대푯값 8도로부터 13도의 각도를 더해 가면서 7개의 시각자극을 만들어 냈어. 그리고 그 7개의 자극을 무작위로 선택한 뒤 사람들에게 한 번에 하나씩 컴퓨터 스크린에 보여주면서 '이것이 컵입니까, 접시입니까?' 라고 물었어. 그리고 그들의 반응 시간을 천분의 일 초까지 측정해 보았거든. 결과는 컵으로 인식되는 시간은 컵의 대푯값에 가까우면 가까울수록 빨랐다는 거야."

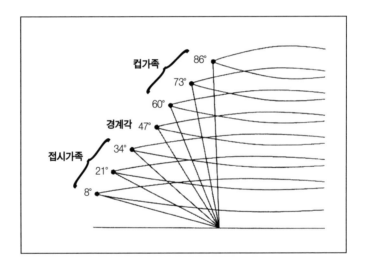

"전형적인 컵 모양에 가까울수록 더 빨리 컵이라고 응답하는 것은 당연한 거 아닌가?"

"그 당연한 현상이 물리학적 개념으로 설명될 수 있다는 거야."

"좋아. 그게 물리심리학이란 말이지?"

"뭐 그런 셈이지. 그런 결과는 접시의 경우에도 마찬가지였어. 문제는 컵이나 접시 대푯값으로 가까워지면서 인식시간이 빨라질 뿐만 아니라 그 인식시간에서 가속화 현상이 나타난다는 점이야."

"가속도 말인가?"

"그런 셈이지. 평균 가속도가 증가하고 있으니까 가속이 발생하고 있다고 추정하는 거지. 가속화 현상이 나타나는 것이 뭘 의미하는지 알겠나?"

"글쎄."

"어떤 힘이 잡아당기고 있다는 말이야."

"그래?"

"어때? 놀랍지 않은가? 인간의 정신세계에서 구체적인 힘이 작용하고 있다고 생각해 보게."

"암튼 처음 듣는 이야기일세."

"물체의 형태를 실험자극으로 했을 때 나타났던 결과가 단어를 이해하는 과정에서도 나타날까? 나는 그게 궁금해서 두 번째 실험을 하게 됐어."

"단어도 하나의 자극이니까 상식적으로 생각할 때 가능할 거 같은데…."

"가능하지. 우리는 하늘에 날아다니는 새에 대한 대푯값을 정신공간에 가지고 있어. 물론 컵과 접시의 실험에서처럼 새를 그림으로 그려서 표현할 수도 있지만 엄밀하게 이야기해서 새의 대푯값은 정신공간에만 존재한다고 볼 수 있지."

"자네 말대로라면 새의 대푯값도 일정한 심중력을 가지고 있겠군."

"그대로만 따라오게. 새의 대푯값으로부터 일정한 거리를 유지하고 있는 참새, 부엉이, 오리, 그리고 펭귄을 실험단어로 선택했어. 그들은 각각 1.53, 4.83, 6.47 그리고 8.03카이(§) 정신거리를 기록했지."

"그 거리는 어떻게 잰 거야?"

"방법이 있지."

"그렇다고 치고."

"예를 들어서 참새는 새의 대푯값으로부터 정신거리로 1.53카이만큼 떨어져 있다는 말이야."

"생각하는 공간에서?"

"그렇지. 자네도 물리심리학에 소질이 다분해. 하하하."

"그래서?"

"이 네 종류의 새를 실험단어로 문장을 만들었어. 그리고 그 문장을 한번에 하나씩 컴퓨터 스크린에 보여주면서 '참새가 새입니까?' '부엉이가 새입니까?' '오리가 새입니까?' '펭권이 새입니까?' 이런 식으로 질문을 주고 판단하게 했어."

"그런데 비슷한 결과가 나왔단 말이지?"

"맞아! 그 실험에서도 인식에서 가속화현상이 나타나더란 말이야."

"그런데 범죄사건에서 왜 이런 이야기가 나오나?"

"인내심을 가지고 조금만 더 들어보게."

"해봐."

"심중력에 의한 가속화 현상에서 우리가 주목해야 할 점은 잡아당기는 힘이라는 거야."

"대푯값이 자기하고 비슷한 자극을 잡아당긴다는 말이지?"

"그렇지. 새의 대푯값이 참새나 오리를 잡아당기는 것처럼 말이야. 그래서 우리는 그것을 가족이라고 부르지. 재미있는 것은 자신의 심중력권 밖에 있는 단위에 대해서는 잡아당기는 힘이 작용하지 않는다는 거야."

"자석 이야기네."

"아주 좋은 예지. 자석의 잡아당기는 힘이 일정 거리까지만 미치는 것처럼 말이야. 예를 들자면 컵 대푯값은 컵 가족이 자기 경계선 안에 들어올 때만 잡아당기는 거야. 그 경계선 밖에 있는 물체에 대해서는 오히려 밀어내는 현상이 나타나거든."

"가족은 잡아당기고 아닌 것은 밀어낸다?"

"그렇게 이해하면 정확해. 그래서 그 잡아당기는 힘과 밀어내는 힘이 크면 클수록 우리의 머릿속에서는 선명한 개념이 떠오르는 거야."

"놀라운 일이군. 개념이 선명하다고 할 때의 개념이 물리적으로 설명된다니 말이야."

"여기서 우리가 놓쳐서는 안 되는 중요한 점이 있어. 대푯값에 가까울수록 강한 힘에 의해서 끌림을 받는다고 했는데, 바로 그 순간에 그 사람은 무엇을 느끼고 있을까 하는 점이야."

"무슨 말인가?"

"정신공간에서 심중력 현상이 벌어지고 있을 때 느끼는 것을 말로 표현해 보라고 했거든. 무슨 말인지 알겠나?"

"계속해 봐. 따라가고 있으니까."

"그랬더니 그 사람들이 뭐랬는지 알아?"

"……."

"마음이 편하다는 거야. 자신감이 생긴다는 거야."

"그게 무슨 말이지?"

"예를 들자면 '참새가 새입니까?' 라는 질문에 응답하고 있는 사람은 '오리가 새입니까?' 라는 질문에 응답하고 있는 사람보다 훨씬 편안함을 느낀다는 말이야."

"무슨 말인지 알겠군."

"그것을 사람들은 자신감이라고 말하거든."

"그렇군."

"그것이 바로 강한 심중력에 이끌리면서 느끼는 결과야."

"음…."

"이제 서서히 정리를 해보세. 정신공간에서 모든 자극은 일정한 심중력과 그 심중력이 미치는 경계를 가진다는 말이야. 그리고 유사한 자극이 그 경계선에 들어오면 일정한 힘에 의해서 끌림 현상이 일어나고, 그 과정에서 가속화현상이 일어나고, 그때 그 사람은 편안함 또는 자신감을 느낀다는 말이야."

"이해는 해."

"미안하지만 거기에 하나만 더 추가하지."

"뭔데?"

"편안함의 반대말은 뭔가?"

"불편함."

"그렇지? 하지만 그것을 편의상 불안이라고 하세. 우리가 어떤 질문에 응답할 때 자신이 없으면 왠지 불안하잖아. 의식적이든 무의식적이든 우리는 그런 것을 느끼고 있어."

"그건 그렇지."

"그런데 문제는 이런 심리현상이 대인관계에서도 그대로 나타난다는 점이야. 이제 사회심리학으로 넘어가세."

"하하하. 오늘 심리학 공부 제대로 하는군."

"예를 들어서 나의 정신공간에서 자네는 하나의 자극이나 단어와 같은 존재야. 그리고 거기에서 나는 마찬가지로 일정한 심중력을 가지는 개념적인 존재이자 일정한 경계를 갖지. 그래서 사람은 자신의 경계를 유지하고 사는 법이야. 그 경계는 단순히 개념적인 공간이 아니고 3차원 공간상에서의 경계일 수도 있어. 그래서 전혀 모르는 사람이 자기 경계선 안으로 들어오면 밀어내려고 하거든. 물론 물리적으로 밀어낼 수는 없으니까 그 사람을 경계하게 된다는 말이야."

"잘 아는 사람이 접근해 오면?"

"그땐 잡아당기지. 그래서 그 사람을 부르거나 아니면 자신이 그쪽으로 이동하는 거야."

"그럼 그 자기 경계의 공간은 어느 정도로 보나?"

"여러 가지 요인 때문에 얼마라고 정할 수는 없지만 외부에서 주어지는 요인이 전혀 없는 상태라면 대략 1.8미터쯤 되는 것으로 보고 있네. 그냥 1.8미터라고 하지."

"흥미로운 이야기군."

"퀴즈 하나 낼까?"

"해봐."

"어떤 두 사람이 1.8미터 이상 떨어져서 200미터를 같이 걸어가고 있어."

"오케이."

"그 과정에서 특별한 이유가 없어 보이는데 세 번 정도 1.8미터 안쪽으로 근접하는 행동을 보인다면 그 두 사람들은 지금 뭘 하고 있다고 생각하나?"

"정보 교환?"

"그렇지."

"영화에서 그런 장면을 본 듯도 해."

"그래서 1.8미터는 특히 살해사건과 긴밀한 관계가 있어. 피해자가 비명을 지르는 거리도 1.8미터 근처에서 비명을 지른단 말이야."

"가해자가 이미 가까이 근접해 있으면?"

"그때는 비명 지를 시기를 놓친 거야."

"엄청난 공포심 때문에?"

"그렇지. 하지만 만약에 공포심도 없었고 비명도 없었다면 둘 중 하나에 해당되겠지. 먼저 가해자가 아주 가까이 접근했다는 것을 피해자가 전혀 모르는 상태에서 당하는 경우…."

"그야말로 소리 없이 당하는 거?"

"그렇지. 또 하나는 가해자가 1.8미터 안쪽에 있었다는 사실을 알고 있는 상태에서 공포심도 없었고 비명도 없었다면 그것은 반대로 마음이 편안했기 때문이라는 거야. 즉 가해자를 신뢰했기 때문이지."

"무슨 말인지 알겠네. 불안감이 없었다는 말이지?"

"바로 그거야. 불안하지 않았기 때문에 공포심도 없었고 비명 소리도 없었다는 말이야."

"자네가 왜 지금까지 어려운 얘기를 한 건지 이제 알 것 같아."

"그래. 바로 그 이야기를 하려고 했던 거야. 그 빌어먹을 범행동기 말이야. 청와대 B 과장이 아이를 집단으로 살해하게 된 동기가 뭐냐고 묻더군."

"뭐랬나?"

"모르니까 모른다고 했지."

"……."

"내가 누군가를 살해하는 장면을 가상적으로 상상해 보게."

"엥?"

"그럴 수 있어. 아무도 예외는 될 수 없으니까."

"그래서?"

"총으로 사람을 살해하는 경우는 다르지만 흉기로 또는 목을 졸라 사람을 살해하려면 일단 그 대상이 1.8미터 안쪽으로 들어와야 해."

"아니면 자네가 그 사람 경계 안으로 들어가든가."

"그렇지. 두 경우는 동일해."

"그런 셈이지."

"아무튼 그날 아침에 성수네 집안에서 무슨 일이 벌어졌는지는 정확히 몰라. 하지만 가상적인 행동의 순서는 첫 번째가 비의도적인 또는 우발적인 실수였을 것이고, 두 번째는 은폐 행위였고, 그리고 그 두 번째까지 있었던 실행량은 도덕적 방어선을 완전히 무너뜨리기에 충분했어. 그 방어선이 무너진 이후의 행동은…."

"끝까지 간 거고?"

"난 그렇게 보고 있어."

"아무튼 희한한 일이야."

"그렇다면 그 아이들이 살해자의 경계선 안에 들어갔다는 말이잖아."

"그렇지. 총으로 살해한 게 아니라면 말이야."

"네 명의 아이가 차례로 전혀 모르는 사람의 경계선 안에 들어갔다면 아이들은 불안함을 느끼고 있었을 거야. 그리고 곧바로 경계심을 보였겠지."

"그렇지. 우리가 전혀 모르는 사람 집에 들어갈 때 기웃거리는 것처럼."

"그런데 정황으로 보아 그 아이들은 전혀 그런 것을 느끼지 못한 상태에서 그 경계선 안으로 들어갔을 거라는 생각이 들거든."

"아주 가까이 접근해도 불안함을 못 느낄 정도였단 말이지?"

"그렇지. 그러니까 아무런 소리도 들리지 않았고 흔적도 남지 않을 수 있었을 거란 말이야."

"무슨 말인지 알겠네."

"동기는 모르지만 그 사건의 초기과정을 추정해 볼 수 있지 않은가? 가해자는 적어도 그 아이들이 아주 가까이 근접해도 불안을 느끼지 못할 정도의 강한 심중력을 가진 사람이었을 거란 말이야."

"불안을 느꼈다면 네 명 중에 하나 정도는 도망을 시도했던가 아니면 적어도 비명은 질렀을 거란 말이지?"

"그렇지 그런데 그런 게 없었거든."

우리는 말을 멈추고 한차례 커피 잔에 입을 맞추고 있었다. 창 밖으로는 눈발이 뿌옇게 흩날리고 있었다.

"이건 좀 다른 이야긴데…."

친구가 먼저 침묵을 깼다.

"뭐?"

"그렇다면 이런 식의 이야기가 화성연쇄 살인사건을 설명하는 데도 적용될 수 있겠나?"

"그럼."

"어떻게?"

"난 그 사건에 대해서는 전혀 모르는 사람이야. 하지만 한 가지 늘 마음에 두고 있었던 점이 바로 심중력에 관한 이야기였어. 잘은 모르겠지만 당시에 그런 유형의 살인사건이 그 지역에서 계속되자 아마도 주민들은 무척 불안했을 거야."

"불안한 정도가 아니었어. 자넨 그 사건이 계속될 때 여기 없었으니까 모르겠지만 그 당시 인근 마을 사람들은 대낮에도 혼자 돌아다니지 못할 정도였으니까. 밤이면 개미 한 마리도 다닐 수 없는 상황이었다고 하더군."

"그런 상황이었다면 주민들은 경계선의 범위를 훨씬 넓게 잡았겠지. 무슨 말이냐면 보통 때는 1.8미터 안쪽으로 누군가 접근할 때 경계심이 주어지면서 불안감이 높아지던 것이 그런 상황에서는 수십 미터는 되겠지."

"그런데 묘해. 그렇게 연속해서 그 인근에서 거의 같은 유형의 범죄가 벌어질 수 있었다니 말이야."

"심중력을 잘 응용해 보면 그 사건의 성격이 드러날 수도 있을 거야. 그 사건도 모두 목을 조르거나 흉기에 의해서 일어난 사건이지?"

"그래서 변태성욕자의 범행으로 보는 시각이 우세했거든."

"열 명이나 되는 사람들이 그렇게 연속해서 당했다는 것은 가까이 근접해도 불안감이 높아지지 않았고 오히려 낮아지는 현상이 발생했기 때문이었을 거라고 추정할 수 있어."

"아까 그 이론에 의하면 그렇지."

"멀리서 누군가가 접근하고 있을 때는 불안감이 높아졌다가 가까이 오면서 그 불안감이 낮아졌다는 말이야."

친구는 잠시 고개를 갸웃거렸다.

"그 사건은 꼭 그렇게만 해석할 수가 없어."

"왜?"

"탁 터진 곳에서는 그런 원리가 적용될 수도 있겠지만 논길이나 수로 같은 곳에 몸을 숨기고 있다가 급습했다면 그런 원리는 좀…."

"그 사건의 환경이 그랬나?"

"응. 주로 논두렁이나 수로 근처에서 발생했거든."

"하지만 그래도 난 그 원리를 적용시키고 싶어."

"왜?"

"다시 실험실로 가보세."

"또?"

"단어 '간호사' 를 컴퓨터 스크린에 0.5초 동안 노출시키고 사람들에게 뭘 봤느냐고 물어보면 거의 모든 사람들은 '뭐가 번쩍하기는 했는데 뭔지는 모르겠다' 고 대답해."

"너무 빨리 사라지니까."

"당연하지. 그런데 단어 '간호사' 를 보여주기 전에 단어 '의사' 를 2초 동안 먼저 노출시켜 주면 그때는 그 짧은 0.5초 사이에도 '간호사' 라는 단어를 볼 수가 있단 말이야."

"그럴까?"

"실험을 통해서 검증된 거야. 사람의 지각은 주어진 조건에 따라 엄청난 차이가 난다는 거지. 사전정보에 의해서 경계심이 극도로 높아진 조건에서는 사람의 청각능력도 아마 개 못지않을 거야. 풀잎 스치는 소리도 포착할 수 있단 말이야. 그 많은 여성들의 연속적인 희생을 지리적 조건으로만 설명할 수는 없다는 게 내 생각이야."

"음…."

"아주 가까이 다가가도 불안감이 올라가지 않는 상황에서 그런 일이 벌어졌을 것으로 보는 게 훨씬 과학적이지 않을까?"

"아주 흥미로운 이야기군. 그렇다면 불안감이 어떻게 떨어질 수 있었단 말인가? 그 당시 분위기에서. 더구나 그 어스름한 밤에 말이야."

"불안을 떨어뜨려줄 수 있는 사람!"

"불안을 낮춰줄 수 있는 사람?"

"응."

"그게 누구야?"

"상대방이 여자라면 어떨까?"

"전혀 새로운 시각이군."

"그런 범죄는 꼭 흉악하게 생긴 젊은 남자만 저지르는 건가?"

"그건 아니겠지."

"어떤 흉악범죄가 발생하고 나면 등장하는 몽타주를 보게. 그것이 사건에 접근하는 우리의 대표적인 고정관념이야."

"하지만 그런 범죄를 여성이?"

"단독은 아닐 수도 있지. 하지만 불안감을 떨어뜨려 주는 시각적 역할은 할 수 있겠지. 안 그래?"

"그럼 남녀 2인조?"

"모르지. 하지만 이론상으로는 가능하지 않을까?"

"그럴 수도 있겠군."

"만약 당시 수사진에서 여성을 제외시키고 수사를 진행했다면 그것은 어쩌면 큰 실수였을지도 몰라. 국민의 반은 여자니까."

"그럼 또 누가 있을까?"

"제복은 어때?"

"그것도 가능하겠네."

"그렇지? 경찰차처럼 보이는 승용차에서 내리는 순경 복장을 한 사나이라면 충분히 안정감을 줄 수도 있었을 거야."

"그렇지."

"개구리소년 실종 사건과 화성연쇄 살인 사건은 그런 면에서 완전히 동일해."

"동일하다고?"

"잘 생각해 봐. 똑같은 원리인데 움직인 사람들의 방향만 다르단 말이야. 그 아이들은 가해자의 경계선 안으로 스스로 이동했던 반면에 화성 사건에서는 가해자가 여성들의 경계선 안쪽으로 접근하는 상황이었을 거야. 하지만 두 경우 모두 불안감이 낮아질 수 있었던 이유 때문에 한 사건은 한번에 네 명이, 또 한 사건에서는 시간을 두고 열 명이 가능했던 거라고 생각해."

"아무튼 난 오늘 놀라운 이야기를 들었네."

"뭐가?"

"인간의 심리현상이 물리적 근거에 의해서 설명될 수 있다는 말."

　청와대 B 과장을 만나고 나서 나는 온종일 전화통만 지키고 있었다. 성질 급한 사람이 우물을 판다고 했던가. 1996년 1월 12일 금요일, 날씨는 쾌청하게 맑았다. 나는 드디어 링에 올랐다. 사체를 발굴하기로 했다. 땅을 파는 작업은 2시간 정도 계속되었고 오후 5시경에 끝이 났다. 그러나 사체는 나오지 않았다.

제20장
봉고차의 도주

그리고 얼마 지나지 않아 나는 명예훼손으로 고소를 당했다. 경찰과 법원으로부터 출두하라는 편지를 수차례 받으며 나는 심한 상실감을 느꼈다.

그런데 어느 날 구원자가 나타났다. T 기자였다. 1996년 6월 20일 오후 3시경 T 기자와 함께 ○○산을 등지고 나란히 섰다. 장난꾸러기 아이들이 깔깔거리던 동네가 눈 아래로 한 폭의 그림처럼 평화롭게 펼쳐지고 있었다.

"바로 저 지점입니다."

"저기는…."

"맞아요. 김 박사님이 이야기한 대로 그날도 저는 주변을 돌고 있었습니다. 그러니까 정확히 6월 18일 오후 2시 반입니다. 골목을 따라 태수네 집 앞을 지나고 있는데 바로 저 지점에서 서울 번호판을 단 검정색 봉고차가 올라오고 있었습니다."

"번호판을 식별할 정도의 근접거리였습니까?"

"아뇨. 번호판은 나중에 알게 된 거죠."

"예."

"그래서 반사적으로 몸을 숨기려고 하는데 상대방이 먼저 눈치를 챈 것 같았습니다. 그리곤 그 일이 벌어진 겁니다."

"무슨 일이?"

"갑자기 흙먼지가 일면서 타이어 마찰음과 함께 그 봉고차가 급하게 후진을 하는 겁니다. 보세요. 저 골목길은 후진하기가 쉽지 않습니다. 그런데 그 봉고차가 다급하게 후진을 하는 겁니다."

"도망치는 것처럼 말입니까?"

"예."

"그래서요?"

"만약 그때 봉고차가 후진을 하지 않고 오던 속도로 천천히 지나갔다면 저는 그 차의 번호판을 확인하지 않았을지도 모르죠. 그런데…."

"잠깐만요. 그러니까 T 기자님 생각에는 그때 그 봉고차의 후진이 뭔가 이상했다는 말인가요?"

"예. 적어도 다급할 때나 있을 수 있는 그런 상황이었습니다."

"그럼 T 기자님을 보고 도망치는 거였다는 말이죠?"

"실제로 그랬는지는 모르죠. 하지만 당시 정황으로 봐서 저를 보자마자 다급하게 후진했던 것은 맞습니다. 그 봉고차가 그래야 했던 이유가 뭘까요? 이것은 분명히 뭔가 걸린다는 말입니다."

"우연의 일치일 수도 있지 않을까요?"

"하지만 예감이란 게 있지 않습니까? 저 지점은 보시다시피 B씨 집 대문 바로 앞이거든요."

나는 잠시 T 기자의 눈을 바라보았다. 그의 눈은 먹잇감을 눈앞에서 놓친 맹수의 그것처럼 번뜩이고 있었다.

"계속해 보세요."

"그래서 저는 본능적으로 차가 있는 쪽으로 뛰었습니다. 그리고 바로 그 봉고차에 따라붙었습니다. 먼저 번호판부터 식별하려고 했지만 시내에서는 주행할 수 없는 속도에다 차선을 지그재그로 바꾸는 바람에 그만…."

"속도가 어느 정도였는데요?"

"따라가면서 계기판을 보니까 100킬로미터 이상이었습니다.”

“지금 저 정도 교통량에서 그 정도 속도라면 거의 도주차량이라고 봐야겠네요?”

우리는 건너편 도로에 줄지어선 차량행렬을 내려다보았다.

“맞아요. 그러니까 제가 따라붙은 거죠. 당시에 그 봉고차가 도주한다고 판단했으니까 추적을 한 겁니다.”

“음….”

“저도 그때는 필사적이었습니다. 위험을 무릅쓰고 따라붙었죠. 그런데 아래로 내려가다가 갑자기 ○○대 사거리에서 오른쪽으로 방향을 틀더라고요.”

“속도는요?”

“줄이지 않았습니다.”

“앰뷸런스를 생각하면 됩니까?”

“예. 바로 그 정도 됩니다. 그래서 계속 따라붙었는데 다시 방향을 틀더라고요. 큰 도로로 나온 뒤 그 길을 따라 ○○면 쪽으로 약 7킬로미터 정도 달렸는데 속도가 엄청났습니다. 저 자신이 사고 위협을 느꼈으니까요.”

“그 정도면 무슨 사연인지는 모르지만 도주한 게 맞네요.”

“예. 맞아요.”

“음… B씨 집 대문 바로 앞에서부터 도주가 시작됐다?”

"……."

"이걸 어떻게 해석해야 할까요?"

나와 T 기자는 잠시 눈을 맞추었다.

"제가 B씨 집 화장실과 뒷골방 근처를 파본 게 지금으로부터 정확히 5개월 전입니다. 그리고 아무것도 나오지 않았습니다. 그리고 아시다시피 저는 현재 불구속 기소 상태에 있습니다."

다시 우리 둘 사이에 침묵이 끼어들었다. 무슨 일인가가 진행되고 있다는 생각이 들었지만 우리는 둘 다 입을 다물고만 있었다.

"발굴 소동이 있고 나서 정확히 5개월이 지나고 B씨 집 대문 앞에 서울 봉고차가 나타났다? 그리고 거의 필사적인 도주가 시작됐다?"

"예. 바로 엊그제 있었던 일입니다."

"좋아요. 일단 나중에 생각하기로 하고, 그 다음엔 어떻게 되었죠?"

"그렇게 도심에서 빠져나가 시골길을 약 7킬로미터쯤 달려가다가 다시 방향을 틀었습니다. 그리곤 왔던 길로 다시 주행하기 시작했습니다. 속도는 거의 같았을 겁니다."

"정확히 왔던 길로요?"

"예. 바로 이 동네 앞 도로를 지나 시내 방향으로 계속 질주하는 겁니다. 바로 저 도로를 반대로 거슬러 올라 왔습니다."

T 기자는 손가락을 들어 오른쪽에서 왼쪽으로 화살표를 그었다.

"그리고는 ○○은행 앞에 차를 세우더라고요. 그때 정확히 번호판을 식별할 수 있었습니다."

"차에 타고 있던 사람들을 봤습니까?"

"아주 근접거리에서 봤습니다. 운전자는 30대 초 · 중반 정도인데 얼굴이 둥글고 검은 피부였습니다. 낚시를 자주 다닌 사람처럼 말이죠. 그리고 옆에 탄 사람은 20대 후반 정도에 약간 마른 체형으로 보였습니다."

T 기자는 잠시 말을 멈추었다.

"그런데 제가 차에서 내린 게 실수였습니다."

"왜요?"

"갑자기 차가 출발하는 겁니다."

"아."

"거기서 차를 놓쳤습니다."

"음."

"그런데 그 다음에 더 이상한 일이 벌어진 겁니다."

이야기는 아직 끝이 난 게 아니었다. 나는 T 기자를 향해 몸을 돌렸다.

"뭐가요?"

"그 사람들이 나를 따돌리고 B씨 집 앞에 다시 나타날지도 모른다는 생각이 들어서 곧바로 B씨 동네로 갔거든요. 제가 그 동네로 막 들어서서 차를 적당한 곳에 두고 기다리려고 하는데 B씨가 집에서 나오는 겁니다."

"그래서요?"

"대문 앞에서 좌우를 살피던 B씨가 빠른 동작으로 집 앞에 세워둔 승용차를 타고 아주 빠른 속도로 저 길을 빠져 나가더라고요."

"속도는요?"

"정확히는 모르겠습니다. 하지만 누군가를 만나기로 했는데 시간이 임박했을 때 차를 모는 그런 분위기였습니다. 아무튼 통상적으로 저 골목을 빠져나가는 분위기는 분명히 아니었습니다."

"그래요?"

"그래서 또 따라붙었습니다. 동네를 빠져나가 큰 도로로 접어들면서 속도가 더 빨라지더군요. 바로 U턴을 하더니 ○○은행 방향으로 달리는 겁니다. 내가 따라붙고 있다는 것을 알았는지 점점 속도를 높이고 있었습니다. 그런데 애석하게도 앞에서 끼어드는 차 때문에 그만 놓치고 말았습니다."

"그랬군요."

"예. 정확합니다."

"T 기자님이 ○○은행 앞에서 그 봉고차를 놓친 뒤 B씨가 차를 타고 어디론가 달려가는 것을 목격한 시간이 얼마나 됩니까?"

"얼마 안 됩니다. ○○은행 앞에서 여기까지는 신호등에 걸리지 않는다면 차로 불과 5분 거립니다. 길게 잡아도 10분은 안 넘을 겁니다."

아이들이 올라갔다는 ○○산을 등진 나와 T 기자는 동네를 내려다보며 한동안 말이 없었다. 어떤 결론을 내리기에는 너무나 길이 멀었기 때문이다.

"T 기자님, 그 봉고차가 이 사건과 어떤 관계가 있다고 생각하십니까?"

"후… 모르죠. 하지만 뭔가 이상해요. 그 뭐랄까…."

"무슨 생각을 하고 있는지 압니다."

"저도 김 박사님이 무슨 생각에서 그런 질문을 했는지 잘 압니다."

T 기자와 나는 서로에게 어색한 눈길을 던지곤 고개를 숙인 채 다시 침묵으로 빠져들었다. 좌절의 벽 앞에서 서성이는 기

분이었다.

다시 일주일이 지났다. 도대체 그 봉고차의 정체가 무엇이었는지 고민하던 나는 어느 날 T 기자의 전화를 받았다.

"지난번에 김 박사님께 이야기는 안 했지만 그때 봉고차 운전석에 앉아 있던 30대 중반 남자 얼굴을 비교적 정확하게 봤습니다. 그런데 저는 그 얼굴을 어디선가 보았다는 느낌을 계속 가지고 있었거든요."

"처음 보는 사람에게도 그런 것을 느낄 수 있습니다."

"아, 그런가요. 그런데…."

"왜요?"

"그래서 지난 일주일 동안 기억해보려고 틈나는 대로 노력했습니다. 자나 깨나 그 생각이었죠. 그런데 오늘 다른 일로 수사본부에 갔다가 우연히 그때 당시의 수사기록을 보게 되었는데 갑자기 소리를 지를 뻔했습니다."

"뭐가 있었습니까?"

"예."

"뭐죠?"

"……."

"여보세요?"

뚜-뚜-뚜. 전화가 갑자기 끊어졌다.

제21장
잠복

1998년 한여름 어느 날. 초저녁부터 시작되던 가는 빗줄기가 어둠에 잠긴 세상을 향해 신선한 산소를 내리고 있었다. 그때 나는 칠흑 같은 어둠을 뚫고 T 기자와 함께 산중턱을 향하고 있었다. T 기자는 삽과 곡괭이가 든 가마니를 등에 진 채였다. 멀리 시내 쪽에서 올라오는 불빛만 없었다면 그곳은 모든 것을 집어삼킨 완벽한 어둠의 공간이었다. 가끔 금속이 돌멩이에 부딪히는 소리가 나서 우리는 중간 중간 멈칫거렸다.

"형님, 좀 쉬어 갑시다."

T 기자는 빗물에 번득이는 얼굴을 훔치면서 등짐을 진 채로 몸을 땅에 던졌다. 그 사건 때문에 오랜 기간을 알고 지내다 보

니 이제는 서로 형님 동생 하는 사이가 되었다.

"이 길이 맞습니까?"

"밤이라 좀 멀게 느껴지기는 하지만 길은 맞아."

"이런 걸 꼭 해야 합니까?"

"전화를 건 것은 자네였어."

"그거야 거기가 헐리고 있다는 말이었죠."

T 기자는 불만스러운 목소리로 응답하고 있었다.

"솔직히 말하자면 우린 이미 예전에 기회를 놓친 겁니다. 알아요?"

"아직도 내 말을 못 믿는 거야? 있었어! 분명히!"

"지금도 말입니까?"

"당연하지!"

"아닙니다!"

"빨리 움직여. 사격장 근처까지 가려면 아직 멀었어."

"꼭 거기까지 가야 합니까? 형님이 이 가마니를 한번 져보세요. 그런 말이 나오나."

"잔소리 말고 서둘러. 이번이 그 바람을 잡을 수 있는 마지막 기회야."

한 시간 정도 지나고 나서 우리는 작은 언덕에 올라섰다.

"저기 막사가 보이지?"

T 기자는 대꾸도 하지 않은 채로 주저앉아 헐떡이고 있었다.

"저기가 군부대 사격장이야."

"여기까지 온 이유가 뭡니까?"

"좀 쉬어, 내가 먼저 시작할 테니. 우리에게 주어진 시간은 3시간이야."

나는 어둠 속에서 육감으로 삽질을 하기 시작했다.

"형님, 파면서 들어보세요."

"해 봐."

"그 사람에게 통보를 주고 몇 달을 기다렸습니다. 그리고 다시 일 년 반이 지났어요. 그런데 그것이 거기에 남아 있겠습니까? 벌써 옮겼죠."

"있었다고 했잖아. 내가 파러 들어갔을 때까지."

"왜 그렇게 생각하세요?"

"몰라서 물어? 내가 그 집 마당을 파고 나서 5개월 후에 봉고차가 거기에 왜 나타났겠어?"

"……."

"해야 할 작업이 남아 있으니까 나타났던 거야. 그게 뭐겠어?"

T 기자는 여전히 말이 없었다.

"그런데 그때 그 작업을 못했어."

"엄청난 집착입니다."

"뭐가?"

"그때 봉고차가 그 작업을 하러 왔다고 확실하게 믿는군요."

"그 봉고차가 거기에 나타났던 게 6월 18일이었어. 그리고 자네가 날 부른 게 20일이었고. 기억나지? 그리고 바로 그 다음날 내가 그 사람들을 찾아갔어."

"그래요?"

"응."

"만났어요?"

"아니. 들어 볼래? 모두 세 사람이었어."

"하나가 더 있었어요?"

"응. 거기서 19일에 철수했더군. 바로 그 다음날 말이야. 그 사람들은 철수가 아니라 잠수한 거야. 뭐가 그렇게 다급해서 다니던 직장을 그만두고 아무 말도 없이 잠적해 버렸을까? 그 공장 사장이 그러는데 연락도 안 된대. 서울에서 내려온 지 한 달 보름 만에 말이야."

"그래요?"

"이런 게 모두 우연의 일치였을까? 뭐가 그렇게 급박했을까? 말하자면 그 사람들은 그 공장에 베이스캠프를 치고 디데 이를 기다리고 있었던 거야."

"음…."

"그런데 운 없게도 자네에게 그날 딱 걸린 거야."

"그럼 B씨가 철수 명령을?"

"그랬을지도 모르지."

나는 어둠 속에서 계속 땅을 파고 있었다. 땅을 파는 손놀림을 누군가가 보았다면 아주 이상하다고 생각했을 것이다. 행동을 멈춘 것 같은 상태에서 아주 느린 동작으로 삽질을 하다가, 다시 빨라지다가, 멀리서 들리는 산새 울음소리에 몸을 민첩하게 움츠리기를 반복했다. 그리고 바닥에서 나온 돌덩이를 신주단지처럼 조심스럽게 밖으로 꺼내 소리 나지 않게 가만히 놓았다.

얼마나 지났을까. 나는 완전히 땀으로 젖어 서서히 지쳐가고 있었다. 새 한 마리가 검은 허공을 가르고 날아가는 소리에 그만 몸을 바싹 웅크리고 호흡을 멈추었다. 눈에는 살기와 핏발이 서리고 있었다.

"나머지는 자네 몫이야."

나는 삽을 T 기자에게 건네주고 드러누웠다.

"두 사람이 하면 안 되잖아요?"

"그러긴 하지. 하지만 사람이 극한의 상황에 몰리면 두 배 이상의 힘이 나는 법이니까."

임무를 교대 받은 T 기자의 삽질은 훨씬 속도감 있게 진행되었다.

"그리고 말이야. 그 사람은 설마하고 있었어. 세상에 어떤 미친놈이 아이를 잃어버린 부모 집 마당을 실제로 파볼 수가 있겠나?"

"그러긴 하죠."

"그리고 내가 파러 들어가던 날 그 집 분위기가 어땠는지 알아?"

"어휴, 역시 땅 파먹고 살 일은 아닙니다."

T 기자는 잠시 휴식을 취하며 힘에 겨운지 딴소리를 했다.

"가족회의를 한다고 그랬거든."

"예? 가족회의요?"

"난 분명히 들었어."

"무슨 가족회의요? 가족회의에서 무슨 이야기를 했을까요?"

"무슨 이야기를 했는지는 모르지만 나와 D 수사관이 신발을 신은 채로 안방을 지나 뒷골방 쪽으로 지나고 있을 때였어. 그 사람은 방에 큰대자로 누워 있고 주변에는 일가친척들이 둘러앉아 있었지."

"그래요?"

"있었어!"

"그러니까 형님이 위치를 잘못 짚었을 뿐이란 말이죠?"

"그렇지."

"그리고 나서 5개월 후에 그 봉고차가 등장한 거란 말이야."

"앗!"

T 기자가 갑자기 짧은 비명을 질렀다.

"입 다물어! 밤에 나는 소리는 멀리 간다는 거 몰라? 바로 이 아래에 집들이 많단 말이야."

"돌덩어리에 발등을….."

다시 한동안 구덩이 파는 작업이 진행되었다. 두 시간 반 정도가 흐른 뒤 T 기자는 묵직하게 보이는 가마니에 손이 닿는 대로 흙을 채워 넣었다.

"이 정도면 될까요?"

"해봐."

T 기자는 흙이 담긴 가마니를 구덩이에 조심스럽게 굴려 넣은 후 차근히 다져 묻었다. 그 작업이 끝나자 주위에 남은 흙을 한 삽씩 담아 근처에 조심스럽게 뿌렸다. 마지막으로 주위를 깨끗하게 정리했다.

"얼마나 걸렸습니까?"

"두 시간 45분. 3시간으로 잡으면 되겠군."

"되네요."

"6시에서 3시간을 빼면…."

"……."

"3시라!"

"왜요?"

"방해가 없다면 그 시간이면 충분히 가능해."

"뭐가요?"

"B씨가 나에게 진술했던 것 중에서 가장 일관된 것이 두 가지 있었거든."

"믿을 만하다는 말이죠?"

"응. 내가 인수 할머니에게 들었던 바로는 낮에 B씨 부인이 공장에 전화를 해서 B씨를 집으로 불러들였다고 했어. 그런데 B씨는 그것을 완강히 부인했어."

"그렇죠."

"그게 뭘 의미하겠나?"

"글쎄요."

"사건이 이미 일어났다는 것을 알고 공장에 출근했다는 말이야. 만약 B씨 부인이 공장에 실제로 전화를 했다면 사건은 B씨 부인으로부터 시작되었다는 말이 되고, 전화가 없었다면 B씨가 집에 있을 때 사고가 발생했다는 말이지."

"그렇군요."

"또 하나 낮 12시경에 공장에서 나왔다는 것을 그 사람은 일관되게 부인하고 있거든."

"낮에 공장에서 나왔다는 것을 인정하면 심각한 문제에 봉착하니까요."

"나온 시점이 문제야. 나는 12시경이라고 주장하는 반면에 그는 12시는 아니라고 이야기하고 있거든. 그 말은 나오기는 나왔는데 12시는 아니라는 말이야."

"그럼 언제란 말입니까?"

"그걸 계산해 보려고 우리가 이 고생을 하고 있는 거지."

"그 작업이 얼마나 걸렸을까 그걸 실험한 겁니까?"

"그렇지. 해보니까 3시간 정도면 충분하군."

나는 잠시 생각에 잠겼다가 다시 고개를 저었다.

"그런데 아귀가 안 맞아."

"뭐가요?"

"생각해 봐. 그렇다면 퇴근하고 저녁 6시부터 작업을 했어도 9시경에는 완료할 수 있었을 거 아니야?"

"시간상으로는 그렇죠."

"그럼 중간에 나올 필요가 없었을 거야. 안 그래?"

"그러네요."

"그럼 9시경부터 아이를 찾는 일을 시작했어도 되지 않았을까? 그러면 알리바이를 완벽하게 성립시킬 수 있었을 텐데 말이야."

"그러긴 하지만 퇴근하고 왜 바로 아이를 찾지 않았느냐고 누가 물으면 곤란하지 않나요?"

"그건 전혀 문제되지 않아."

"왜요? 애가 없어졌는데."

"왜냐하면 퇴근하고 어딘가 들렀다가 늦게 귀가했다고 할 수도 있고, 아니면 그냥 돌아오겠지 하고 기다리고 있었다고 하면 그만이니까."

"하긴 그러네요."

"그렇게 대답해도 전혀 문제될 게 없어."

"그럼 왜 중간에 공장에서 나왔을까요? 그건 굉장히 위험한 일인데 말이죠."

땀이 식으면서 한기가 느껴졌다. 우리는 바람을 등지고 웅크린 채 멀리 아래쪽 불빛을 응시했다. 누군가 우리의 모습을 보았다면 로댕의 조각상처럼 느껴졌을 것이다.

"언젠가 어느 기자가 나에게 그런 질문을 했어. 왜 아이들의 사체가 집안 어딘가에 묻혀 있을 거라고 생각하느냐고."

"그야 B씨가 화장실 근처와 뒷골방 부근을 경계하는 거 같으니까 거기에 뭔가 있을 거라고 생각했던 거 아닌가요?"

"그런 점도 있지만 그게 다는 아니지."

"그럼요?"

"만약 B씨가 3시에서 4시 사이에 공장에서 나왔다면 그것은 아이들의 사체가 집안에 묻혀 있음을 알려주는 심증적인 근거를 제공하는 셈이야."

"왜요?"

"잘 생각해 봐. 그래 가지고 어떻게 사회부 기자를 하겠나? 그러니 경찰이 던져주는 보도자료나 그대로 옮기지. 이 사건이 여기까지 오게 된 과정에는 언론도 한몫했다는 거 인정하지?"

"하죠. 그래서 이 고생을 자청한 거 아닙니까."

"자네가 대한민국 언론을 대표할 필요는 없지만 그렇게 생각한다니 다행스런 일이야."

"심증적 근거가 뭐죠?"

"그 작업은 퇴근시간 이전에 완료되어야 했어. 그 시간 이후에는 안 돼."

"왜요?"

"퇴근시간이 되면 그 집에 세 들어 사는 사람들이 공장에서 돌아오기 시작하니까."

"아!"

"알겠어?"

"그 이후에는 작업이 불가능했을 거란 말이죠?"

"그렇지. 낮에는 그 집에 아무도 없어. 내가 여러 차례 확인했지. 그렇게 계산하면 퇴근시간을 6시에서 7시 사이로 보고 3시간을 빼면 3시나 4시가 되거든."

"그래서요?"

"어쩌면 B씨가 점심시간에 나온 게 아니라 3시에서 4시 사이에 나왔을 가능성이 있어."

"그리고 보니까 ○○공장에서 그런 이야기가 있었던 일이 생각나네요. 누군가가 점심시간은 아닐 거라고 했었으니까요."

"B씨도 그 점은 일관성 있게 부인하더라고. 점심시간은 아니라고 말이야."

"음…."

"이런 식의 시간표는 사체를 그 집안 어딘가에 묻었을 경우에만 가능해. 만약 아이들의 사체를 그냥 잠시 집안에 두었다가 밖으로 옮기려 했다면 낮에 공장에서 나올 이유가 없으니까."

"그렇죠. 완전히 어두워지고 나서 해도 되니까요."

"그래. 만약 B씨가 3시에서 4시 사이에 공장에서 나왔다면 그것은 곧 아이들의 사체가 그날 집안 어딘가에 매장됐다는 심증적 근거가 된다는 말이야."

"그래서 아직도 거기에 있다는 말이고요?"

"그렇지. 그런데 이제 이동할 때가 됐어."

우리는 다시 침묵에 잠겼다. 뒤쪽에서 검은 허공을 가르며 퍼지는 산짐승의 울음소리가 들렸다.

"신혼여행을 다녀와서 일주일 만에 그곳에 가보고 깜짝 놀랐어요."

"자넨 그때 직무유기를 한 거야."

"화장실을 헐어내고 있더라고요. 그래서 동네 사람에게 물었더니 거기에 이층집을 짓는다는 겁니다. 아차 싶었죠."

"전통적으로 화장실 터에는 집을 짓지 않는 법인데."

"그리고 그곳은 이층집이 들어설 자리가 아닙니다. 도로하고 바로 붙었거든요. 아무튼 그곳에 집이 들어선다는 말에 뭔가 이상했어요. 처음엔 오래전에 사체가 옮겨졌을 거라고 생각했었는데, 아닐 거라는 생각도 들거든요."

"아직도 거기 있어. 틀림없어."

"지금쯤 이동시킬 가능성이 높다고 해도 여기는 아닙니다."

"왜?"

"왜 여기라고 생각합니까?"

"여기가 사격장이니까."

"왜요?"

"오발사고로 연결시키는 데는 여기만한 데가 없잖아."

"오발사고요?"

"아이들이 죽게 된 과정을 이렇게 설명하려고 했던 거야."

나는 준비하고 있었던 것처럼 T 기자에게 설명을 시작했다.

"아이들은 그날 아침에 도롱뇽 알을 잡으러 ○○산으로 향하게 됐어. 우리가 올라왔던 산길을 따라 골짜기를 타고 이곳까지 오게 된 거야. 그때 아이들 중에 누군가가 '야, 도롱뇽 알은 잡아서 뭐 하냐. 우리 탄피나 줍자.' 하고 제안을 했지. 아이들은 그렇게 탄피를 주워 깡통에 담기 시작하면서 사격장 안으로 들어가게 된 거야."

"모르고요?"

"그렇지. 그냥 가다 보니까 거기까지 오게 된 거야. 담도 없으니까."

"그럴 수 있죠."

"그런데 그날 부대에서 사격연습이 있었어."

"그날은 공휴일이었는데요?"

"물론 공식적인 사격은 없었겠지만 예정에 없는 사격연습이 있었을 거란 얘기지."

"군대에서 그게 가능합니까?"

"사격을 비교적 자유롭게 할 수 있는 장교들이 내기를 했을 수도 있지. 나도 그랬으니까. 난 탱크 조종병이었기 때문에 개인화기가 45구경 권총이었거든. 휴일에 가끔씩 내기를 했는데, 그런 일은 사실 얼마든지 있을 수 있어."

"흠! 그래서요?"

"사격 중에 발생한 유탄이 한 아이의 복부를 관통한 거야. 그런데 그 뒤쪽을 보니까 숲 속에 다른 아이들의 모습이 보이는 거야. 자네라면 어떻게 하겠나? 이미 한 아이는 죽었는데."

"그래서 나머지를 희생시켰을 거란 말인가요?"

"할 수 없잖아."

"그럼 왜 그 아이들은 도망치지 않고 있었을까요?"

"그러니까 애들이지. 당황해서 겁에 질려 도망도 못 가고 있었겠지."

"그렇게 희생된 아이들을 여기에 묻었다 이런 말인가요?"

"응. 아주 그럴싸한 스토리 아닌가? 그리고 실제로 있을 법한 일이고. 안 그래?"

"그러니까 B씨가 그런 스토리를 이용해 의심을 벗으려 할 거라는 말이죠?"

"그렇지. 한번에 모든 것을 날려버릴 수 있어."

"그래서 여기로 사체를 옮길 것이다?"

"두고 봐. 녹음이 우거진 이 여름밤에 반드시 우리 같은 모습으로 저 길을 따라 올라오는 사람들이 나타날 테니까. 이제 우리가 해야 할 일이 뭔지 알았지?"

"예? 아니 그럼 밤마다 이렇게 지키고 있어야 한단 말입니까?"

"그럼 거저 얻어지는 게 있다고 생각하나?"

"노총각 신세 겨우 면하고 저 지금 신혼인 거 모르세요?"

T 기자는 거침없이 불만을 터뜨리고 있었다.

"한 달이면 돼, 한 달! 한 달이면 그 사건의 실체를 눈으로 확인할 수 있단 말이야. 종군기자들 보게. 신혼이 다 뭔가. 목숨을 걸고 전장을 누비는데."

"한 달입니다!"

"그래 약속하지. 그 사이에 나타날 거야. 여기다 텐트를 치고 낮에는 자고 밤에는 보초를 서는 거야."

"으, 미치겠네. 우리가 무슨 형사도 아니고…."

"알아. 하지만 이게 어떤 사건인지 자네가 더 잘 알잖아?"

"……."

"건국 이래 가장 많은 수사력이 동원되고 온 국민이 나섰는

데도 단서 하나 없는 미스터리의 실체를 목격할 수 있는 절호의 기회야. 바로 이 지점이 올라오는 모든 코스를 내려다볼 수 있는 곳이고."

한동안 나와 T 기자는 낮에는 자고 밤에는 교대로 경계근무를 섰다. 며칠이 지나면서부터 우리는 거의 산짐승이 되어 가고 있었다. 그런데 내가 재직하고 있는 대학과 미국의 한 주립대 사이에 자매결연행사가 있었다. 나는 모든 임무를 T 기자에게 맡기고 미국에 다녀올 수밖에 없었다. 그해 여름밤 그 바람은 그렇게 스쳐 지나갔다고 나는 믿고 있었다.

제22장
오판의 입증

원고를 손에 쥔 선주가 뒤도 돌아보지 않고 사라진 지 두 달 만에 다시 나타났다. 나는 선주의 연락을 받고 약속된 장소에 미리 나와 있었다. 폐교된 어느 초등학교 교실이었다. 드르륵 소리 나는 미닫이문을 열고 들어섰을 때 투명성을 잃은 유리창이며 닳아서 희미해진 마루바닥이 개구쟁이 아이들이 오래전에 떠나버렸음을 증언하고 있었다.

길게 창 쪽으로 놓인 작업대 위에는 누런 속살을 드러낸 채 마무리를 기다리고 있는 도자기 몇 점이 있었다. 거기에 잠시 시선을 주고 있던 나는 문득 청각신경을 곤추세웠다. 누군가가 복도를 따라 걸어오는 발걸음 소리가 들렸다. 미닫이문이

드르륵 하고 열리는 것과 동시에 선주가 들어섰다.

"어! 오랜만이야."

내가 반갑게 인사를 건넸지만 선주는 아무런 반응을 보이지 않았다. 그리고는 타박타박 걸어서 교탁 쪽으로 향했다. 선주가 손에 든 서류 뭉치를 교탁에 놓고 돌아서는 순간 나는 아주 오래된 기억 하나를 떠올렸다. 초등학교 3학년 때였다. 담임선생님은 숙제를 안 해온 나를 홀랑 벗겨 교실 앞에 세워둔 적이 있었다. 나는 마치 그때의 초등학생이 된 것처럼 선주 앞에서 맨손을 꼼지락거리고 있었다.

"안녕하세요, 선생님."

"잘 지냈어?"

선주와 나 사이에 어색한 인사가 오고 갔다.

"아뇨. 괴로운 시간이었어요. 일단 앉으세요."

"여기?"

선주가 응답 대신 두 손을 벌리면서 어깨를 추켜올리고 있을 때 나는 이미 키 낮은 의자에 앉아 교탁 쪽을 응시하고 있었다. 마음속 깊은 곳에서 뭔가가 꼬인 채로 움찔거리고 있었다.

"뭐 하는 거냐?"

"뭐 하냐고요? 이게 선생님이 원했던 거 아닌가요?"

"뭘?"

"완강하게 거절하던 선생님이 이 원고를 그렇게 쉽게 넘겨 준 이유가 뭐죠?"

"……"

"단 한마디에 두 손을 들었던 거 기억나시죠? 원고를 내놓지 못하는 이유는 그것이 엉터리이기 때문이라고 했더니 두말 없이 내놓았어요. 맞죠?"

"……"

"그러니까 결국 선생님은 자신의 가설을 평가해달라는 말 아니었던가요?"

"……"

"그게 뭘 의미하는지 아시죠? 처음부터 자신이 없었던 거 아닌가요?"

나는 선주의 추궁 같은 질문에 아무런 대답도 할 수 없었다.

"그래서 오늘만큼은 선생님과 제자의 위치를 바꾸기로 했어요. 저에게 C학점을 준 선생님을 이제 제가 평가한다? 살다보니 이런 날도 오는군요. 호호호."

"그건 다 읽어 봤어?"

잠시 어색한 침묵이 흘렀다.

"그 전에… 오늘 제가 던지는 질문에 진실만을 증언할 것을 서약하세요."

"서약?"

"그것도 자신 없으신가요?"

"좋아. 그러지 뭐. 어떻게?"

"오른손을 펴서 들고…."

나는 그 유치원생 같은 행동에 쉽게 말려들고 있었다. 선주가 불러주는 글귀를 진지한 자세로 그대로 따라할 수밖에 없었다.

"이 원고를 세 번이나 읽어 봤어요. 물론 평가도 내려졌고요. 그 전에 제가 아직도 모르는 게 있어서 질문 하나 드릴게요."

"뭐든지."

"이 원고에는 왜 땅을 파게 됐는지 그 이유와 과정에 대한 이야기가 없어요."

"아! 그건… 그 뒤는 생각하기 싫어서 아직 정리를…."

"선생님이 의심나는 곳을 파보려고 했던 것은 사실이었던 것 같아요. 하지만 제가 알고 있는 선생님은 그렇게까지 무모하게 돌진할 사람은 아니라는 생각이 들어요."

창문으로 스며들어오는 햇살이 발끝에 머물렀다. 나는 발가락으로 그것을 만지작거리고 있었다. 내면의 세계가 여지없이 붕괴되는 괴로움에서 벗어나려는 몸부림이었을까. 나도 모르게 변명 같은 이야기가 불쑥 튀어나왔다.

"물론 그때 땅을 파러 간 것은 아니었어."

"그래요? 그런데 왜 그런 일이 벌어졌죠?"

교탁에서 내려선 선주는 먹이를 노리는 상어처럼 내 주변을 돌고 있었다.

"자세하고 정확하게 말해 주세요."

나는 깊은 한숨으로 마음을 정리하면서 기억창고를 뒤지기 시작했다.

"모 방송사 취재 팀과 함께 그곳에 간 것은 1996년 1월 8일 월요일이었어. 수요일 오전까지 주변 사람들을 만나서 진술을 카메라에 담고, 그리고 마지막으로 B씨를 만나 모든 의문점들을 하나씩 묻고 거기에 대한 응답을 취재하려고 했지. 그것을 방송으로 내보내려고 했던 거야."

"그런데요?"

"문제가 생겼던 거지."

나는 괴로운 기억이 뇌리를 스칠 때마다 고개를 오른쪽으로 돌리는 버릇이 있었다.

"무슨 문제요?"

"B씨가 수요일 오전부터 우리를 피하더라고."

"구체적으로 어떻게요?"

"취재 팀이 그 동네에 와 있는 한 집에 들어가지 않을 거라고 하더라고."

"누가 그래요?"

"동네 사람들이."

"그래서요?"

"그래도 우리는 수요일 하루 종일 대문 앞 놀이터에서 기다렸는데 B씨는 결국 나타나지 않았어. 그날 밤 11시 반경에 집에 가보니까 방문은 자물쇠로 잠겨 있었고."

"식구 모두가 없었나요?"

"아니. 문은 자물쇠로 잠가놓았는데 안에는 사람이 있는 것 같았어. 하지만 전화를 해도 안 받았어. 그래서 철수했다가 다음날 목요일 새벽에 다시 가봤어. B씨는 그 전날 집에 들어오지 않았어. 그래서 성수 어머니만 만나고 우리 일행은 계속해서 B씨를 기다린 거야."

"B씨가 고의적으로 피한다고 판단했단 말이죠?"

"다른 이유가 없잖아?"

나는 얼른 선주의 표정을 살폈다.

"그래서요?"

"B씨는 동네 근처에서 돌아가고 있는 상황을 누군가를 통해서 다 듣고 있었던 거야. 우리가 지키고 있는 한 집에 들어오지 않을 거라는 결론이 서자 우리는 수사본부로 가게 됐어."

"왜요?"

"아무튼 그 사람의 진술이 있어야 방송이 가능하니까 D 수사관을 통해서 B씨를 호출하려고 했지."

"호출했나요?"

"그 사람과 직접 통화를 못하고 있는 사이에 내가 D 수사관에게 강력히 제시했어."

"뭘요?"

"……."

"뭘 제시했는데요?"

"……."

"좋아요. 말하기 싫다면…."

"하지. 나는 아이들의 사체가 그 집 화장실 근처와 뒷골방에 매장되었을 가능성을 확신한다고 말했던 거야."

"예? 가능성을 확신한다고요? 정말로 그런 말을 했어요?"

"그랬어."

"하, 그럼 그것은 두 번째 치명적인 실수였군요."

"두 번째 실수?"

"예."

"그럼 첫 번째는?"

"청와대 B 과장이 현지 수사본부에 내려가겠다고 하는 것을 막은 것이 첫 번째 실수였어요."

"흐음."

"좋아요. D 수사관은 뭐라던가요?"

"수개월 전부터 파보겠다고 B씨에게 이미 이야기했다고 말했더니 망연자실한 표정으로 멍하니 천정을 쳐다보고 있더군. 그러다가 정말로 그런 말을 B씨에게 했느냐고 묻더라고."

"좋아요. 뒷골방과 화장실 근처에 사체가 묻혀 있다고 결론내린 근거가 뭐죠?"

나는 또다시 침묵으로 빠져들었다.

"뭐죠?"

"……."

"제가 정리해 볼까요? 우선 B씨가 그곳을 경계했다는 사실, 맞죠?"

"……."

"선생님의 주관적인 느낌 말고 그것을 입증할 만한 근거가 있었던가요?"

"……."

"또 하나, 그 할머니가 땅바닥에 썼던 H라는 글자! 그게 근거가 될 수 있나요? 그건 그야말로 소설이라는 생각이 들어요.

왜냐하면 그 H 자는 가설을 어디에 두고 있는가에 따라서 정반대로 해석될 수도 있으니까요."

"흐음!"

"제가 쓴 소설을 들어 보실래요?"

"……."

"그 H 자의 양쪽에 세워진 기둥은 서해와 동해를 나타내고 있었어요. 즉 대한민국 전부라는 말이죠. 그리고 중간의 짧은 선은 '찾아보았다' 는 의미고요. 그것을 반복해서 덮어쓴 것은 '대한민국 전체를 샅샅이 뒤져보았지만 어디 있는지 모른다' 뭐 그런 의미 아니겠어요. 그런 식의 상상은 안 되나요?"

"……."

"언어 표현이 제한된 할머니가 땅바닥에 그려본 글자 하나를 그렇게까지 확대해석했다는 것에 대해서 저는 선생님을 다시 보게 됐어요."

"후!"

"좋아요. 일단 얘기를 다 들어보죠. 그래서 어떻게 됐나요?"

나는 이미 거스를 수 없는 어떤 마법에 걸린 듯 자동적으로 반응하고 있었다.

"자기네들은 상상도 할 수 없는 일이니까 우선 부모들에게 내가 왜 그렇게 믿고 있는지 설명해 보라는 거야."

"해당 부모들은 피해자니까 파보자고 할 수 있다, 이거죠?"

"아마 그런 의도였겠지."

"그래서요?"

"그래서 해당 부모들을 수사본부로 불러 모으기 시작했어. 연락이 안 되는 B씨만 빼고."

나는 얼른 한 가닥 기억을 더듬었다.

"아마 그때가 목요일 저녁 7시쯤 됐을 거야. 그제야 B씨가 수사본부에 나타나더라고."

"그러니까 결국 다섯 부모들이 모두 한자리에 모인 셈이네요?"

"그렇지. 그 자리에서 내가 부모들에게 설명을 시작하는데…."

나는 잠시 생각에 잠겼다.

"누군지 기억은 안 나. 아무튼 부모 중에 누군가가 그런 이야기는 들을 필요도 없다는 거야."

"그래서 선생님이 먼저 파보자고 주장한 거군요?"

"처음에는 부모들에게 설명하고 부모들이 파보자고 제의하게끔 유도하려고 했었지."

"그런데 그쪽에서 강경하게 나오니까 물러설 수가 없었단 말인가요?"

"그런 거지."

"그래서요?"

"그래서 모든 책임을 내가 지게 된 거지."

선주는 교탁에 몸을 기댄 자세로 고개를 끄덕였다.

"그랬군요. 그때 D 수사관도 그 합의 현장에 있었나요?"

"처음에 자기는 그 합의 현장에서 빠지겠다고 했어. 양측이 결정해서 결과를 알려 달라고 했지. 그런데 나중에 보니까 옆에 앉아서 양쪽 이야기를 듣고 있더라고."

"같이 갔던 방송사 사람들은요?"

"그 사람들은 모든 상황을 카메라에 담고 있었지."

"그래서 파기로 합의했나요?"

"응. 그런 합의를 보고 여관으로 돌아왔더니 D 수사관이 잘 생각해서 아침 8시 이전까지 취소하라고 자꾸 주문하더군."

"여관까지 찾아와서요?"

"전화로."

"왜요?"

"그 뒤에 밀어닥칠 일을 어떻게 감당하겠느냐는 거지. 지금이라도 늦지 않았으니까 취소하라는 거야."

"그래서요?"

"여기서 물러서야 하는가, 이런 생각으로 그날 밤을 꼬박 새

웠어.”

“물러설 가능성도 있었나요?”

“그랬을지도 모르지. 하지만 상황이 그럴 수 없었어.”

“왜요?”

“새벽에 기자들이 여관으로 찾아왔거든.”

“기자들이 어떻게 알고요?”

“B씨가 각 신문사와 방송사에 연락했다는 거야. 내일 아침 10시에 자기네 집을 파보기로 했으니 와달라고. 이미 엎질러진 물이라는 생각이 들더군.”

“흐음.”

“너 같으면 그 상황에서 어떻게 했겠니? 취소하고 물러서야 했을까?”

“그럼요, 당연하죠. 그쯤 해놓고 물러섰으면 나머지는 다른 사람들이….”

“다른 사람들? 누구?”

“…….”

“누가 그 십자가를 지겠어?”

나는 힘없이 고개를 저었다.

“좋아요. 파던 날 상황은요?”

“날을 하얗게 밝히고 수사본부에 갔던 게 금요일 오전 9시

반경이었어. 이미 기자들 수십 명이 운집해 있었어. 그리고 나는 약 1시간 반 동안 조사를 받았어."

"무슨 조사를요?"

"그 사건과 관련된 이런저런 얘기를 묻더라고. 다 끝나고 나오니까 12시쯤 됐는데, 밖에 엄청난 사람들이 모여 있더라고. 현장에 도착한 건 아마 오후 1시가 넘었을 거야. 현장 분위기가 엄청났어. 전국에 생중계를 하는 모양이더라고."

"바로 그 순간에 제가 TV 화면을 봤던 거죠. 그래서요?"

"파기 전에 그 집 마당에 들어서서 상당한 시간을 기다렸어."

"왜요?"

"장비가 준비 안 돼서 기다렸던 것으로 생각했는데, 그 집 식구들이 가족회의를 하고 있다는 소리를 누가 하더라고."

"가족회의요?"

"응. 기다리는 동안 분위기는 험악했지. 경찰관 네 명이 나를 동서남북에서 경호하고 있었지만 B씨 일가친척들이 가끔씩 다가와서 협박 비슷한 이야기를 하더라고."

"뭐라고요?"

"무슨 원수가 져서 이런 짓을 하느냐는 거지."

"다른 부모들도 거기에 있었나요?"

"태수 아버지만 빼고는 없었지. 그 사람은 술 한 잔 하고 계속 주변을 돌면서 민주경찰이 저런 사이비 박사 말만 듣고 이래도 되느냐면서 굉장했거든. 나한테도 여러 차례 다가와서 책임질 자신 있느냐면서, 파서 안 나오면 두고봅시다, 이러면서 말이야."

"……."

"1시간 반 이상을 기다리고 있다가 실제로 땅을 파기 시작한 것은 오후 3시가 넘어서였을 거야."

"위치는 선생님이 지적했나요?"

"그렇지. 화장실하고 뒷골방 앞으로 밀폐된 두 곳."

"구체적으로 그곳을 지적한 근거는요?"

"……."

"근거가 있었나요?"

"사건이 나고 일 년 반 후에 바닥 공사를 했다고 그러더라고."

"누가 그래요?"

"B씨 남동생이. 자기가 직접 공사를 했다는 거야."

"그래요?"

선주는 창 쪽으로 방향을 잡은 채 한동안 말이 없었다.

"계속해 보세요."

"그렇게 세 군데를 지적하고 파기 시작하니까 그제야 B씨가 나타나더라고. 상당히 안정되고 여유가 있어 보였어. 주위 사람들의 소란도 가라앉았고."

"아무것도 안 나왔나요?"

"화장실에서 아동용 신발 한 켤레가 나왔어. 그것을 수돗가에서 물로 씻고 있는데 그제야 다른 부모들 모습이 보이더라고. 가까이 다가와서 슬쩍슬쩍 살펴보았지."

"그 신발에 대해서는 조사해 봤나요?"

"나는 그저 옆에서 듣고만 있었는데, 한 10년 전에 세 들어 살던 어떤 아이가 자기와 놀아 주지 않는다고 화가 나서 아이들 신발을 걷어다 변소에 처넣은 일이 있었다는 거야. 아마 그때 그 신발일 거라고 하더군."

"남자 신발이던가요?"

"여자용이라던데."

"그 뒤로는 어떻게 됐나요?"

"바로 그날 고소장이 접수됐지."

"죄명은요?"

"명예훼손."

"그랬군요."

"며칠이 지나고 일단 불구속으로 나와서 집에 와 있는데 B

씨한테서 집으로 전화가 왔어."

"그래요? 무슨 일로요?"

"만나서 이야기하자는 거야. 자기 집에 한번 오라는 거지."

"그래서 갔나요?"

"전화를 받은 그 다음날 ○○휴게소에서 B씨에게 전화를 했어. 주변 분위기 때문에 집에는 갈 수 없으니까 그쪽으로 나오라고 했지. 그런데 안 나오겠다는 거야."

"보자고 한 이유가 뭔지 물어봤나요?"

"물어봤는데 전화상으로는 이야기할 수 없다는 거야. 그리고 나중에 다시 연락하겠다고 했어."

"연락 왔어요?"

"아니."

기울어져 가는 석양빛이 교실 안에 무거운 그림자를 드리우기 시작했다. 뭔가를 준비한 듯이 선주는 내 쪽으로 빠르게 고개를 돌렸다.

"아무리 생각해도 이해가 안 가네요."

"뭐가?"

어색한 분위기가 우리 두 사람 사이에 끼어들었다.

"땅을 판 이유가 뭐예요?"

"……."

"가능성이 적다는 것을 알면서요."

"이야기했잖아."

"분위기에 휩쓸려서요? 아니면 한번 파기로 했으니까 일종의…."

"아무렇게나 생각해. 실수였다고 해도 좋고, 아니면 경솔했다고 해도 할 말이 없어."

"전 그걸 이해할 수 없어요."

"분위기에 휘말리면 그럴 수도 있어."

"분위기 이야기를 하는 게 아니에요."

"그럼?"

"사건이 나고 일 년 반 후에 B씨 남동생이 직접 바닥공사를 했다고 주장하는 그 장소를 파보자고 지적한 게 말이 되느냐는 거죠. 그건 실수가 아니에요. 무슨 말인지 아시겠죠?"

"……."

"그것은 상대방이 파보자는 곳을 그대로 지적해 준 거예요. 안 그래요?"

"……."

"게다가 이 원고에 보니까 선생님이 염두에 두고 있었던 곳은 거기가 아니었잖아요. 뒤편에 비어 있었던 그 골방이었잖아요."

"……."

"일이 여기까지 오게 된 것은…."

선주는 잠시 입을 다물고 있었다.

"죄송해요. 하지만 전 말을 돌리는 재주는 없거든요."

"말해."

"그 사건에 대한 선생님의 병적인 집착이 문제였던 것 같아요."

나는 심장에 비수가 꽂히는 통증을 느꼈다. 터져나오는 비명소리를 감추려고 어금니를 악물었다.

"선생님은 상대방을 설득하는 데 불리한 것은 원고에 기록하지 않았어요."

"……."

"부정하시겠어요?"

"……."

"원고를 읽고 나서 현지에 가서 좀 알아봤어요. 궁금한 것은 죽어도 못 참는 거 아시죠? 잡지사 기자를 사칭했죠."

"……."

"선생님이 파보려고 했던 그 뒷골방에는 사건이 나던 당시에 사람이 살고 있었어요. 그거 알고 있었나요?"

"……."

"간단해요. 동사무소에 가서 알아보니까 당시 그 뒷골방에 C씨라는 분이 살았던 것으로 돼 있더라고요. 설마 사람이 살고 있는데 구들장을 파고 사체를 매장했다고 주장하지는 않았겠죠?"

다시 한동안 시간이 흘렀다.

"제가 C학점을 받고 선생님에게 막무가내로 따지고 달려들었을 때 일 기억하시죠?"

"……."

"그때 출제된 문제 중에 이런 게 있었어요. 확증적 가설 검증의 오류에 대하여 기술하라는 문제였죠."

"그럼 당시에 내가 그 오류에 빠져 있었단 말이야?"

갑자기 튀어나온 내 목소리에 주춤거릴 선주가 아니었다.

"그럼 아닌가요?"

"후!"

"그 당시 선생님은 이미 그 오류에 빠졌다는 것을 스스로 인정하고 있었어요. 그래서 B씨 남동생이 바닥공사를 했다고 주장하는 자리를 두 군데 파보고 일을 그쯤에서 끝내려고 했던 거 아닌가요?"

"……."

"선생님은 이미 2차 가설에도 치명적인 문제가 있다는 것을

스스로 느끼고 있었어요. 하지만 그때까지 서슬이 시퍼렇게
옳다고 주장했던 것을 철회할 수가 없었을 거예요. 그리고 일
종의….'

"일종의 뭐?"

나는 선주를 정면으로 응시했다.

"영웅심?"

"그게 뭔지가 중요한 것은 아니죠. 확증적 가설 검증 오류를
사례를 들어 설명할게요."

"해봐."

"그 오류를 직접적으로 입증할 수 있는 근거를 원고에서 찾
아냈어요. 들어 보실래요?"

"……."

"선생님이 B씨를 처음 만났던 1993년 11월 19일 낮에 화장
실에서 있었던 일을 기록했던 부분에는 이런 말이 있어요."

"내가 B씨를 처음 만난 것은 18일이었어."

"맞아요. 하지만 B씨 집에서 실제로 그 사건에 대해서 이야
기했던 것은 그 다음날인 19일이었어요."

교탁에 놓인 원고를 뒤적이던 선주는 방어적인 어투로 즉각
말을 되받았다.

'아이들은 그날 아침 산에 가려고 했는지는 모르지만 산에

가기 전에 성수네 집 안에서 어떤 사고를 당했을 새로운 가설을 세웠다. 그리고 지금까지 조사된 모든 내용을 그 가설에 연결시켰다. 11시부터 성수 어머니가 성수를 찾아 나섰던 점, B씨가 잘 아는 사람 집으로 돈 400만 원을 요구하는 전화가 왔다고 주장했던 점, 성수로부터 걸려왔다는 전화상의 목소리, 그 할머니의 표정과 손놀림, 초동수사의 공백기, 그리고 화장실에서 있었던 일들이 전혀 새로운 이야기를 만들어 가고 있었다.'

"기억나죠?"

"그래."

"선생님은 먼저 강력한 가설을 세워놓고 이야기를 만들었어요. 그것이 바로 확증적 가설 검증 오류의 출발점이었어요. 그 확신이 강하면 강할수록 그 가설에 유리한 것만 수집하고, 반대로 그 가설에 불리한 것은 아예 무시해 버리는 그런 오류에 빠졌죠."

"……."

"선생님으로부터 배운 이론이에요."

"흐음!"

"그 ○○공장에는 출근부가 있었어요. 그리고 B씨가 그날 출근했다가 중간에 나간 사실이 없다고 기록돼 있어요."

"뭐라고?"

나는 몸을 돌려 선주를 향했다. 선주의 커다란 눈망울은 전혀 물러설 기미가 없었다.

"제가 봤어요. 중간에 조퇴를 했으면 조퇴 도장이 찍혀 있어야 한다는데, 사고 당일인 3월 26일 B씨의 출근부에는 조퇴라는 기록이 없어요."

"음⋯."

"당시 수사기록에 적힌, 낮 12시경에 나와서 투표하고 다시 공장에 돌아와 일하다가 6시에 퇴근했다는 말이 맞는 거죠. 왜냐하면 잠깐 공장을 비우는 경우에는 조퇴로 표시되지 않으니까요."

"후!"

"선생님은 아직도 그 사람들의 진술에 매달리고 싶으신 거죠? 하지만 법은 말보다는 서류상의 근거를 믿는다는 사실 아시죠?"

선주는 잔인하게도 나에게 긴 침묵의 시간을 만들어 주었다.

"성수 어머니가 11시경부터 성수를 찾아 나섰던 점, 그것이 그렇게도 이해가 안 되던가요?"

"⋯⋯."

"얼마든지 그럴 수 있어요. 전 4살 때의 일을 희미하게 기억하고 있어요. 개울가에서 물놀이를 하다가 깊은 곳으로 흘러가면서 허우적대고 있을 때, 아마도 그때 저의 생사는 불과 몇 초 사이에서 갈릴 수도 있었을 거예요. 그때로부터 약 2, 3분 전에 집에서 바느질을 하고 계시던 어머니께서 갑자기 가슴에 통증을 느끼면서 불길한 예감을 받았대요. 그리고 주변을 둘러보니까 아이가 보이지 않더라는 거예요. 순간 어머니는 본능적으로 개울을 향해 뛰었대요. 빨간 리본 하나가 둥둥 떠가는 것을 보고 어머니는 그것이 뭔지 확인할 필요도 없이 물속으로 달려들었죠. 그리고 생명 하나를 건지신 거죠. 어머니의 본능적 육감, 그거 있습니다. 제가 이렇게 살아 있다는 자체가 증거죠."

"그럼 찾다가 못 찾았으면 계속 찾아야지 왜 잠깐 찾다가 그만둔 거야?"

"충분히 그럴 수 있죠. 아이들이 산에 개구리 잡으러 갔다는 말을 어디선가 듣고 때가 되면 돌아오겠지 단순히 그렇게 생각할 수도 있잖아요. 얼마나 간단해요. 그리고 그런 일은 주변에서 늘 있는 일 아닌가요?"

"음."

"선생님은 그 간단한 것조차도 확증적 가설 검증 오류의 덫에 걸려 보지 못했던 겁니다."

나는 짧은 신음을 토했다.

"과학적 근거라는 이름으로 어머니의 본능적 육감을 훼손하지 마세요. 그날 걸려온 다섯 통의 전화 중에서 성수가 걸어온 전화에 대해서만 추적단추를 누르지 못한 것도 의심받을 만해요. 하지만 그것도 충분히 그럴 수 있어요. 수십 년 동안 살아온 자기 집에서 출입구를 찾지 못했다면 이해하겠어요? 하지만 사람이 당황하면 충분히 그럴 수 있어요. 갑자기 집이 흔들리고 물건이 머리 위로 쏟아지는 상황에서는 실제로 출입구가 보이지 않는대요. 잃어버린 자기 아들의 목소리가 전화상으로 들렸을 때 그 엄마의 심리상태는 정상이 아니었을 겁니다. 엄청난 충격이었겠죠. 아마 그 순간에는 숨도 제대로 쉬지 못했을 겁니다. 누르는 것을 순간적으로 잊을 수도 있어요."

"엄마의 심리상태?"

"그래요."

"자기 아들의 목소리를 확인한 뒤 '어딘데?'라고 묻고 17초 동안 그냥 수화기만 들고 있는 엄마의 심리상태도 이해되니?"

"그것도 가능해요."

"가능하다고?"

"가능하죠. '어딘데?'라고 물었는데 대답이 없으니까 실망했을 거예요. 또 누가 장난치는 것으로 생각했겠죠. 그런 식의 장난전화에 대답하기도 지쳤을 겁니다. 안 그래요?"

"하지만 분명히 성수 목소리라고 주변에 이야기했어."

"그거야 통화를 마치고 나서 진정된 상태에서 차분히 생각해 보니까 성수 목소리가 맞다는 생각이 들었겠죠."

"그럼 처음부터 당황해서 누르는 것을 잊었다고 했어야지 왜 수화기 머리 부분으로 누르다가 미끄러졌다고 했을까?"

"당황한 나머지 실제로 미끄러졌을 수도 있잖아요."

"그렇다면 전화를 받았던 성수 어머니의 행동 순서는 어떻게 설명할래? 전화벨 소리를 듣고, 수화기를 들고, 한 손을 그대로 놔둔 상태에서 들고 있는 수화기 머리 부분으로 추적단추를 누르고, 손가락으로 녹음단추를 누르고, 그러고 나서 '여보세요' 했다는 이야기야. 이게 상식적으로 이해되니?"

"충분히 가능하죠."

"가능하다고?"

"그럼요!"

"어떻게?"

"전화벨이 울린 그 순간에 성수 어머니는 빨리 놓아지지 않는 뭔가를 한 손에 들고 있었어요. 그래서 한 손으로 수화기를 들고 수화기 머리 부분으로 추적단추를 눌렀어요. 그때 당시에는 사태가 워낙 중요했기 때문에 전화가 걸려오면 무조건 그것부터 누르려고 했을 겁니다. 그것이 제대로 눌러졌을 거라고 믿고, 그 사이에 한 손에 들고 있던 뭔가를 내려놓고, 손가락으로 녹음단추를 누르고, 그리고 '여보세요' 하면서 대화가 시작됐던 거죠. 이런 식으로 정상적인 동작순서에서 벗어난 형태는 일상생활에서 얼마든지 있을 수 있는 거 아니겠어요?"

"조작이 아니란 말이지?"

"아니죠."

"그럼 왜 당시 수사진은 그 대화가 조작된 것이라고 판단했을까?"

"그래요?"

"수사기록에서 봤으니까."

"그런 기록이 있다고요?"

"있어! 분명히!"

"선생님 말고 또 본 사람이 있나요?"

"왜? 못 믿겠다는 거야?"

"죄송해요."

"물론 있지. 왜 그렇게 판단했을까? 응?"

"본 사람이 누구예요?"

"기자."

"그렇다면 그 기자는 왜 지금까지 아무런 이야기가 없을까요?"

"⋯⋯."

"그것은 어쩌면 특종일 수도 있는데요."

"후⋯."

나는 한숨을 길게 내쉬었다.

"왜죠?"

"그 기자는 죽었어."

"죽어요? 왜요?"

"그 기록을 보고 난 뒤 얼마 지나지 않아서 자동차가 벼랑에서 굴렀어. 내 가설을 가장 가까이에서 따라오고 있던 사람이었는데 말이야."

"어디서요?"

"중국에서."

"⋯⋯."

우리는 한동안 침묵할 수밖에 없었다. 잠시 후 나는 적막한 공기를 먼저 깨기로 했다.

"실종된 아들과 어머니가 전화상으로 대화했던 것이 조작이라면, 그것이 뭘 의미하겠니?"

"그것에 큰 의미를 두지 마세요. 만약 그렇다면 그 목소리의 주인공은 성수가 아니었을 거예요. 아이를 빨리 찾으려고 주변에서 누군가 도와줬을 거예요. 아마도 그것을 당시 수사진에서 조작으로 봤을 거예요. 조작은 조작이죠. 하지만 범행을 숨기기 위한 조작이 아니라 경찰에서 단순가출로 보고 적극적으로 수사하지 않으니까 선의의 목적에서 만들어진 거겠죠."

"그럼 비슷한 목소리를 가진 어떤 아이가 성수 역할을 했다는 말이야?"

"그렇죠. 그러니까 국과수에서도 유사하지만 단서가 짧아서 단정할 수 없다고 했던 거고요."

"좋아. 다 포기하지. 그럼 B씨의 태도는?"

"물론 부적절하긴 해요. 하지만 그 부적절함을 유도한 것은 바로 선생님이었어요."

"내가?"

"예."

나는 선주와 눈길을 마주쳤다. 호흡이 멎는 것 같았다. 선주역시 좀처럼 눈길을 돌리지 않았다.

"왜?"

"그 사람 눈에 선생님이 어떻게 보였을 거라고 생각하세요?"

"무슨 말이야?"

"대등한 입장이었다고 생각하세요? 선생님은 당시 미국에서 심리학으로 박사학위를 받은 카이스트 교수였어요. 그런 사람 앞에서 표현이나 행동이 부적절했던 거 충분히 이해가 갑니다. 그런 사람과 이야기하다가 이상한 꼬투리를 잡히느니 차라리 피하고 싶었을 거예요. 인간행동의 다양성과 가변성을 부정하는 것은 아니겠죠?"

"……."

"그 부적절한 행동을 근거로 범행을 입증하려는 것은 오류가 아니라 그 자체가 범죄예요. 그것은 선생님이 하신 말씀이에요. 그런 범죄자를 확신범이라고 했잖아요. 증거 없이 확신만 가지고 상대방을 범인으로 모는 거 말예요."

"좋아. 어느 정도 인정하지. 하지만 그건 단순히 피한 것이 아니었어. 도망친 거란 말이야. 문을 자물쇠로 잠가두고 집에 들어오지 않는 것이 단순히 피한 것이었을까? 너는 그렇게 보는 거야?"

"인터뷰에 응하고 대질에 응한다는 자체가 자신이 범인으로 보일 수 있다고 생각했다면 피할 수도 있죠. 모든 사람의 행동을 선생님 기준에 맞추어 해석하지 마세요."

"그럴 수 있다고?"

"그럼요. 무엇보다도 진절머리가 났을 거예요. 그간 온갖 사람들이 찾아와서 귀찮게 했는데, 이제는 아예 자신을 범인 취급하는 사람들이 나타나 괴롭히니까요. 안 그래요?"

"……."

"간단하게 생각하세요. 너무 복잡하게 생각하는 데서 문제가 생기거든요."

"간단하게 어떻게?"

"귀찮으면 피하는 거 아닌가요? 그게 정상적인 행동 아닌가요?"

"당시에 나는 그 사람을 범인이라고 말했고 땅을 파보겠다고까지 이야기했는데 그게 귀찮았단 말이야?"

"너무 황당한 소리를 들으면 말이 안 나오는 거죠. 일일이 대꾸한다는 자체가 의미 없다고 생각하면 얼마든지 그럴 수 있어요."

길어진 그림자가 희미한 윤곽마저 잃어가고 있었다. 나는 잠깐의 침묵 뒤에 선주를 향해서 고개를 들었다.

"지금 너는 복권 이야기를 하고 있어."

"그게 무슨 말이에요?"

"자기 아들의 위치를 추적할 수 있는 단추를 누르지 못할 확률이 얼마나 된다고 생각하니?"

"모르죠."

"물론 누르지 못할 수도 있어. 그러나 그 가능성은 극히 희박해. 다른 사건의 경우에서는 이상한 전화가 걸려오면 혹시나 싶어서 아이를 잃어버린 엄마들이 여러 번씩 누른다는 거야."

"물론 가능성이 적다는 것은 인정해요."

"지금까지 이야기한 것들을 그런 식으로 해명한다면, 그것들이 우연히 그 사건에 일치해서 나타날 수 있는 확률이 얼마나 된다고 생각해?"

"……."

"그것이 복권 논리야."

"하지만 그것이 증거는 아니에요. 혹시 고메즈 사건을 기억하세요?"

"고메즈 사건?"

"16세의 고메즈라는 소년이 아동살해범으로 체포되어 재판까지 받았어요. 물론 유죄죠. 무려 여덟 가지 정황이 그 소년이 범인일 수밖에 없음을 지지하고 있었어요. 그런데 놀랍게도 그 사건의 진범은 7년 뒤에 잡혔어요. 누구도 부인할 수 없는 유전자 감식에 의해서 말이에요. 그런 어이없는 실수는 비일비재해요."

"흐음!"

빛의 에너지가 소멸되면서 모든 것이 어둠 속으로 서서히 침몰하고 있었다.

"이제 그분에게 정식으로 사과하세요. 증거 없이 그 사람을 살인범으로 몰았던 것은 치명적인 오류였어요."

"인정하지. 그리고 그 점에 대해서 사죄도 했어."

"그래요?"

"그 사람을 찾아갔어."

"그랬군요."

"그때 나는 완벽한 패자였어. 의문점만 가지고 상대방을 살인범으로 몰았던 것에 대해서 깊이 반성하고 사죄도 했어."

나는 어둠 속에 나 자신을 묻어버린 채 하나의 돌비석이 되어 움직이지 못하고 있었다.

"지금 나는 참담한 패배자로 기록돼 있어."

"하지만 저는 선생님을 존경해요."

"존경?"

"예."

"허, 아직도 할 말이 남았다는 뜻이야?"

"아뇨. 진심이에요. 그 사건이 무슨 정치적인 비리나 우리 사회의 부정부패에 관한 것이었다면 자신의 모든 것을 희생해가면서 그렇게까지 무모하게 달려들지 않았을 거예요. 아니

어쩌면 선생님은 처음부터 그런 일에 끼어들지도 않았을 거예요. 제가 본 선생님은 그래요. 하지만 아이들이 없어진 사건에 대해 눈을 돌릴 수 없었던 선생님의 그 정신! 그것이 어쩌면 선생님의 치명적인 실수보다 더 큰 가치가 있는지도 모르죠. 그 점에 대해서는 존경합니다."

제23장
원고를 정리하다

　선주로부터 오판 선언을 받은 것이 나에게는 중요한 전환점이었다. 나는 한동안 그 일에서 멀리 물러나 있었다. 오판에 대한 자책과 실망감이 나를 무겁게 짓누르고 있었다. 강의를 마친 뒤에는 친구가 운영하는 카센터에서 시간을 보내거나 아니면 낚시터에 자주 모습을 드러내곤 했다.

　그해 겨울 어느 날 나는 모든 것을 기록으로 남길 겸 친구가 사는 농가를 찾아갔다. 그 친구는 일찍이 농촌에 터를 잡고 이제는 꽤나 성공한 화훼단지를 운영하고 있었다. 그곳에서 내가 할 수 있는 일이란 그저 친구 뒤를 따라다니며 이것저것 묻고 다니는 게 고작이었다.

"화훼농사라는 게 때가 따로 없군."

"그런 셈이지."

나는 퇴비 자리를 파러 나가는 친구를 따라나섰다. 대형 비닐하우스 문을 열자 붉은 몽우리를 머금은 장미들이 우리에게 동시에 환호를 던졌다.

"와, 이 한겨울에…."

"보기 좋지?"

"꽃밭에서 일하는 사람은 심성도 꽃 같겠지?"

"옆에서 보는 사람 눈에는 그렇게 낭만적으로 보일지 모르지만 농사는 농사니까 노동이지."

"며칠 따라다니다 보니까 농사도 전문직이라는 생각이 들어."

"그럼. 농사도 제대로 하려면 컴퓨터를 써야 하거든. 그저 슬렁슬렁 대충하고 나면 정확히 그 결과가 나와. 거짓말이 안 통해. 꽃 색깔도 다르고, 벌레도 먹고 말이야. 이제 주먹구구식으로 되는 일은 하나도 없는 거 같아."

"그렇겠지."

"원고 정리하는 일은 잘 되고 있나?"

"뭐 그런대로."

"목소리가 시원찮은 걸보니 잘 안 되는 모양이네."

"지금까지 정리해 놓은 것에다 추가하고 싶은 게 있는데 자꾸 여러 가지가 걸려."

"왜? 글 잘 쓰잖아."

"글재주가 문제가 아냐."

"그럼?"

"어디까지 이야기해야 하나 그것도 그렇고, 오판에 대한 이야기를 그대로 내놓고 다시 한번 미친놈이 되는 건 아닌가 하는 생각도 들고."

"하긴 그래. 자기네 흠을 감추는 데 열심인 판에 스스로 '내가 이런 오판을 했습니다' 라고 고백하고 나서는 것도 좀 그렇지. 안 그래?"

슬렁슬렁 힘들이지 않고 구덩이를 파던 친구가 땅에 대고 제법 그럴싸한 이야기를 하기 시작했다.

"우리나라 사람들이 흔히 하는 말 있잖아."

"무슨?"

"잘못했으면 입이나 다물고 있지 왜 나서서 떠드느냐, 뭐 그런 말."

"자넨 어떻게 생각하나?"

"뭘?"

"내가 다시 한번 우스운 사람이 되는 한이 있어도 이것을 세상에 알려야 할 가치가 있다고 생각하나?"

"난 있다고 생각하네."

친구가 고개를 들어 자신 있게 응답을 던졌다.

"왜?"

"오판이라는 말은 자네가 뭘 잘못했다는 말 아닌가?"

"그렇지."

"이 꽃을 재배하는 일 중에서 제일 신경 쓰는 일이 뭔 줄 아
나? 제일 먼저 해야 할 일이 뭐라고 생각해?"

"글쎄."

"지금처럼 땅 파는 일? 냄새나는 인분 취급하는 일?"

친구는 잠시 허리를 펴더니 나를 향해 고개를 저었다.

"아니야."

"그럼?"

"바로 왜야, 왜."

"뭐?"

"왜. 이유 말이야."

"이유?"

"꽃이 죽어가는 이유, 색깔이 예쁘게 나오지 않는 이유, 벌
레가 먹는 이유 등등 많아."

"아!"

"농사가 막연히 땅 파서 씨 뿌리는 일이라고 생각하면 그것은 잘못이야. 좀 고차원적으로 말하자면 과거에 무슨 일이 벌어졌던가를 정확히 알아야 하는 일이 바로 이 농사야."

"그렇군."

"어제까지 멀쩡하던 꽃이 왜 집단으로 죽어가고 있는지를 모르면 앞으로도 그런 일은 계속될 수밖에 없거든. 그럼 난 이 화훼농사 못해."

"그렇겠네."

"앞으로 날 고 형사라고 부르게."

"고 형사? 무슨 말이야?"

"난 직업이 형사야. 경찰서에서 근무하는 형사는 사람을 상대로 하지만 똑같은 일을 나는 꽃을 상대로 하거든. 그 차이밖에 없어."

"재미있는 이야기네."

"벌레 잡으러 다니지, 불순분자 색출해야지. 나도 바빠."

"불순분자라니?"

"질병을 옮길 가능성이 있는 것들 말이야. 유능한 형사는 딱 냄새를 맡아서 감을 잡잖아. 마찬가지야. 우리도 쓱 보면 대강 알거든."

"하하하, 고 형사 맞네."

"아무튼 꽃을 잘못 재배한 것은 나야. 그런데 그 잘못이 어디서 어떻게 시작되었는지를 분명하게 알아야 한단 말이야. 자네가 했던 일을 오판이라는 이유로 덮을 필요는 없다고 생각해."

나는 친구의 말에 용기를 얻었다. 오동나무 위로 내려앉은 눈꽃을 시골집 창문으로 내려다보며 나는 차분한 마음으로 원고를 정리하기 시작했다.

제24장
박달재를 넘지 마라

그리도 유난스러웠던 2000년 겨울이 지났다. 다시 돌아온 신록이 진하게 변해가고 있을 무렵 나는 오랜만에 반가운 목소리를 들었다. 황급히 차를 몰아 간 박달재에서 나는 먼저 와서 기다리고 있던 T 기자를 만났다. 우리는 북동 방향으로 자리를 잡고 나란히 앉았다.

"무슨 일이야?"

T 기자는 한동안 말이 없었다.

"무슨 일이냐고?"

"형님, 아주 이상한 정보를 하나 가지고 왔습니다."

"뭔데?"

"아시죠?"

"뭘? 성질 급한 놈 숨넘어가겠네."

"○○미용실!"

"그 미용실? 알지. 그 주인이…."

"그쪽으로 최근에 돈이 넘어갔어요. 그쪽에서 미용실로 상당한 돈이 넘어갔어요."

"뭐라고?"

"예."

충격적인 일이었다. 나는 잠시 침묵에 빠져들었다.

"그게 무슨 의미겠습니까?"

"그럼?"

"예. 그때 우리가 깜박 속은 겁니다. 아니, 우리가 잘못 판단했던 겁니다."

"……"

"그것을 놓친 겁니다."

"그쪽하고는 상관이 없었잖아?"

"당시는 그랬죠."

"……"

"우리의 실수는 이렇게 시작된 겁니다. 그 사건이 나고 며칠 후에 P씨가 조카라는 아이 하나를 데리고 ○○동 33-17번지에 나타났어요. 그리고 일주일 만에 떠났어요. 그런데 바로 P씨가 ○○사에 나타났던 겁니다. 잘 들어보세요. 그리고 한 달쯤 지난 후에 P씨가 다시 ××동 21-5번지에 입주를 합니다."

"기억이 나네."

"그때 우리는 아이가 ○○사에 맡겨졌을 거라고 생각했었잖아요. 그래서 죽어라고 ○○사만 파기 시작하다가 전혀 나오는 게 없자 손을 들었고요. 그렇게 해서 울며 넘는다는 이 박달재를 넘어야 했습니다. 기억나죠?"

"선명히."

"우리가 그렇게 잘못 판단했던 결정적인 이유는 P씨가 ○○동에서 떠날 때는 아이를 데리고 있었는데 ○○사에 들르고 나서 ××동에 혼자 나타났다는 사실 때문이었습니다."

"후…."

우리는 깊은 침묵에 빠져들었다.

"어떻게 하실 겁니까?"

"……."

"예?"

"진실은 알아야겠지."

"그렇죠. 갑시다."

"어딜?"

"가볼 곳이 있습니다. 당시에 기록했던 수첩에 보니까 ○○ 미용실 여주인의 남동생이 운영하는 시설이 있다는 것을 알았습니다. ○○사가 아니라 거기였습니다. 찾아봐야죠."

"……."

"갑시다."

"거긴 없어!"

"예?"

"서두르지 말게. 내가 지난 10년간 배운 게 있다면 그것은 아마도 기다림에 대한 교훈일 거야. 기다리면 나온다는 법칙 말이야."

"무슨 소립니까?"

"그쪽 상황은 어떤가?"

"아, ○○미용실뿐만이 아니라 거미줄을 여러 군데로 던지고 있다는 생각이 듭니다. 물론 확인된 것은 아니지만요."

"음…."

"그것도 조만간 알아볼 수 있을 거 같습니다. 아마도 시달리고 있는 모양입니다."

"적어도 세 명 이상이니까."

"거미줄을 쳐야 할 곳이 그 이상이 될 수도 있다는 생각입니다."

"그러겠지."

"들리는 말로는 경제적으로 어렵다는 이야기가 있어요."

"……."

"게다가…."

"알아."

T 기자의 말을 중간에서 막아놓고 나는 한동안 또 다른 생각에 빠져들었다. 나의 습관에 익숙한 T 기자는 나를 방해하지 않으려는 듯이 자리에서 일어났다. 그러더니 한참 만에 담배를 물고 나타났다.

"날씨가 우중충하네요. 담배나 한 대 피우시죠."

"아니, 난 오늘 정말로 기분이 좋아. 하늘이 날 버리지 않았음을 자네한테서 통보받았거든."

"예?"

"보게. 동쪽하늘이 터지면서 햇살이 퍼지고 있잖아. 아주 좋은 징조야."

T 기자는 못 알아듣겠다는 듯이 입을 다물었다.

"어렸을 때 있었던 이야기 하나 할까?"

"……."

"초등학교 5학년 때 일로 기억이 되거든. 학교가 끝나고 어떤 아이가 교무실에 갔다가 선생님 책상 서랍이 반쯤 열려 있는 것을 우연히 보게 된 거야. 주변을 돌아본 그 아이는 아무도 없다는 것을 확인하고 그만 서랍에 손을 넣어 돈을 꺼낸 거야. 계산이고 뭐고 할 시간도 없이 그냥 순간적으로 그랬겠지. 그런 일이야 얼마든지 있을 수 있지 않나?"

"그야 그렇죠."

"헌데 불행하게도 그 장면을 정확하게 목격한 아이가 있었어."

"아…."

"나중에 알게 된 일이지만 그 돈을 대여섯 명이 같이 쓰게 됐어."

"돈이 다 떨어지고 문제가 생겼겠네요?"

"당연하지. 그 사실을 알고 있는 아이들은 아직도 그 아이가 많은 돈을 가지고 있을 거라고 믿고 계속 돈을 요구했던 거야."

"그럴 수 있겠네요."

"계속 협박을 당하던 그 아이는 연필, 노트, 책받침, 지우개 같은 것들까지 갖다 바쳤어. 나중에는 집에서 돈까지 훔치게 됐고."

"저런!"

"결국 그 아이의 행각은 드러났어."

T 기자는 한동안 말이 없다가 싱긋이 웃었다.

"왜?"

"아뇨."

"저길 보게. 동쪽 하늘에서 빛이 퍼지고 있지 않은가?"

나도 싱긋이 웃음을 지었다.

"기다리게."

"하지만…."

"참아. 참을 때는 돌덩이처럼 침묵하고 있는 거야. 죽은 것처럼 말이야. 완전히 잊은 것처럼! 그 많은 생명체들이 살아갈수 있는 비결은 그들 나름대로 생존방법을 가지고 있기 때문이지. 그게 없다면 그 종은 사라지게 되는 거야. 뱀은 무슨 생존전략을 가지고 있다고 생각하나?"

"……."

"뱀은 사실상 가장 나약한 동물이야. 다리도 없이 기어 다니면서 먹이를 잡아야 한다는 게 어떻게 보면 엄청난 핸디캡이지. 그런데 뱀이 생존할 수 있는 유일한 비법이 바로 참을성이야. 뱀은 먹이가 시야에 보여도 움직이지 않아. 심지어 코앞에까지 접근해도 죽은 듯이 기다리고 있단 말이야. 먹이를 코앞에 두고 참는다는 것은 인간에게는 쉬운 일이 아니지. 하지만 뱀은 정확히, 아주 가까이 왔을 때만 민첩하게 움직이지."

"……."

"난 자네가 조금만 더 기다려 주길 바라네."

"……."

긴 이야기를 마치고 천둥산 박달재에서 헤어진 우리는 각기 다른 방향으로 길을 잡아 헤어졌다.

운전하고 가는 내내 나는 희미한 안개 저편에서 뭔가 서성거리는 것을 느꼈다. 하지만 형체가 선명하지 않아 불쾌한 느낌만 들었다. 그러던 어느 순간, 머리를 스치고 지나가는 무언가에 놀라 나는 개울가에 잠시 차를 세웠다. 어둠이 이미 들녘까지 내려와 있었다.

뭔가를 골똘히 계산한 나는 곧바로 차를 돌려 속도를 냈다. 그리고 얼마나 달렸을까. 빗살무늬 같은 빗줄기가 비스듬히 내리고 있는 희미한 가로등 밑에 차를 세웠다. 거기에는 T 기자가 있었다.

"여기는 왜?"

당황한 표정을 지으며 T 기자는 말이 없었다.

"내 말을 알아들은 것으로 생각했는데 여긴 뭐 하러 왔어?"

T 기자의 표정은 가로등이 없었더라면 눈치 채지 못할 정도로 굳어 있었다.

"여긴 왜 왔느냐고 묻잖아?"

"전 교수님하고 생각이 다릅니다."

"호칭까지 바꾸고 얘기해 보자는 말인가?"

"……."

나는 다시 한번 T 기자를 바라보았다.

"교수님은 이제 이 사건에서 손을 떼시죠."

"내가 자네에게 해주고 싶은 게 그 말이야."

"교수님의 역할은 여기까지입니다. 나머지는 제가 알아서 해보겠습니다."

"알아서 뭘?"

T 기자의 검은 얼굴이 한번 씰룩거렸다. 나는 그의 표정에 나타난 그림자를 애써 무시하고 있었다.

"좋아요. 형님이 말하는 넘지 말아야 할 경계가 어디라고 생각하세요?"

"바로 여기! 여기서 우리는 차를 돌려야 해."

"이유는요?"

"이유?"

나는 한동안 말이 없었다.

"알잖아. B씨는 얼마 전에 죽었어."

"그 사람은 이미 고인이 됐으니 이 정도에서 끝내자, 그런 말인가요?"

"그런 뜻이 아니야."

"그럼 원고는 뭐 하러 정리하고 계신 거죠?"

"그건 분명한 이유가 있지. 이런 일이 있었다는, 그러니까 진실을 세상에 알리자는 거야. 말하자면 그 당시에 모든 사람들이 아이들은 산에서 실종됐거나 사고를 당한 것으로 믿었던 것이 잘못이었다는 것을 이제라도 알자는 말이야. 이해하겠나?"

"형님, 좀더 솔직해집시다."

"뭘?"

"여기서 저를 방해하지 않는다면 저는 형님에 대한 좋은 기억을 버리지 않겠습니다."

"무슨 소린가?"

"형님은 지금 거짓말을 하고 있어요."

"거짓말?"

"무슨 거짓말이냐고요?"

T 기자는 점점 목소리를 높였다.

"저는 나름대로 형님을 존경해왔어요. 거짓 없는 정의감 때문이었죠. 그것이 너무 아름다웠습니다. 자신을 버려서라도 진실을 알고자 하는 형님의 그 정신 말입니다."

잠시 말을 멈춘 T 기자는 애써 흥분을 가라앉히는 듯했다.

"범인은 이미 죽었으니 그날 무슨 일이 있었는지를 아는 선에서 마무리하자는 것은 위선입니다."

나는 T 기자의 말에 아무런 대꾸도 할 수 없었다. 얼마나 시간이 흘렀을까. T 기자가 먼저 입을 열었다.

"질문 하나 드려도 되겠습니까?"

"뭐든."

"범인이 B씨라고 생각하세요?"

"……."

"물론 B씨가 이 사건과 관계가 있는 것은 맞아요. 하지만 사건은 B씨 부인으로부터 시작된 겁니다."

"왜 그렇게 생각하나?"

"정말 모릅니까?"

"말해 봐."

"간단해요. 아이들이 한수네 집 마당에서 놀았던 시간은 그날 아침 8시에서 8시 30분 사이입니다. B씨는 적어도 아침 8시에는 공장에 도착해야 했습니다. 그리고 B씨 부인이 공장에 전화해서 B씨를 불러들였습니다. 누구로부터 일이 시작됐는지는 자명하지 않습니까?"

"음…."

"형님 이야기는 죽은 사람에게 모든 것을 뒤집어씌우고 여기서 마무리하자는 말로 들립니다. 형님마저 현실과 타협하려 한다고 생각하니 분노가 치밉니다. 지금 저를 막지만 않는다면, 형님이 여기서 손을 뗀다고 해도 뭐랄 사람은 없습니다. 형님은 쉬어야 하니까요. 이제 제가 나서겠습니다."

"성수를 확인하겠다는 건가?"

"지금으로서는 그게 제일 확실한 방법입니다."

몸을 운전석 등받이에 맡긴 채 나는 한동안 말이 없었다. 후드둑후드둑 유리를 두드리는 굵어진 봄비만 무언가를 재촉하고 있었다.

"어쩌면 자네 생각이 틀렸을지도 몰라."

"무슨 말입니까?"

"성수 어머니로부터 일이 시작됐다는 거 말이야. 내가 민수 어머니를 만나서 들었던 이야기 중에서 지금까지도 내내 가슴에 담고 있는 것이 하나 있거든."

"뭔데요?"

"그날 아침에 민수가 집에 옷을 입으러 잠깐 들렀던 시간은 8시보다 훨씬 이전일 거라고 했거든. 엄마가 아들이 옷을 입으러 온 시각을 기억하는 것은 비교적 정확하다고 보니까."

"그러면?"

"민수가 옷을 입으러 집에 갔던 시간이 우리가 알고 있는 것보다 훨씬 일렀다면, B씨가 집에 있을 때 일이 벌어졌을 수도 있다는 말이지."

"그럴 수도 있군요."

"게다가 B씨가 처음부터 끝까지 일관되게 주장하는 부분은 B씨 부인이 공장에 전화했던 일이 없다는 거란 말일세. 그런 상태에서 공장 동료에게 아이를 찾는다면서 기계를 봐달라고 맡기고 나왔다면 그것이 뭘 의미하겠나?"

"하지만 민수 어머니의 기억을 그대로 믿을 수 있을까요? 형님은 자신의 가설에 유리한 것만 믿는 경향이 있는 것 같습니다."

"사람은 다 그래. 받을 돈은 기억하지만 빌린 돈은 잘 기억하지 못하는 경향이 있거든. 하지만 민수 어머니의 기억을 믿는 이유는 아침에 기억한 것은 비교적 정확하다는 거야. 복잡한 이야기는 하지 않겠네."

"그래도 성수가 살아 있다면 어떻게든 찾아서 이 사건의 진상을 밝혀야 하지 않겠습니까?"

나는 어둠 속에서 조용히 고개를 흔들었다.

"여기가 경계라고 생각하네."

"왜요?"

"……"

"왜죠?"

"우리는 이미 반을 잃었어. 아이들을 잃어버렸는데 그 과정에 대해서는 전혀 모르고 있으니까 말이야."

"그러니까 잃어버린 그 반쪽을 찾자는 겁니다."

"물론 그래야겠지. 그래서 난 조만간 이 이야기를 사람들에게 알리려고 하네. 그것으로 나머지 반쪽을 찾은 것으로 간주하겠다는 말일세. 무슨 일이 있었는지 그 과정을 알게 될 테니까."

"형님이 쓴 원고로 잃어버린 반쪽을 대신하겠다고요?"

"그래."

"하지만 형님의 가설이 진실인지는 모르지 않습니까?"

"물론이지. 말하자면 일종의 모조품일 수도 있겠지. 어쨌든 우리가 이 고개를 다시 넘어가면 또 다른 뭔가를 잃을 수도 있어. 그렇다면 그것은 순전히 우리 책임일세. 알겠나?"

"음…."

"물론 과거를 아는 일도 중요해. 하지만 현재를 보호하는 일이 더 급해. 우리가 그것을 잃어버린다면 그날 아침에 무슨 일이 있었는지를 정확히 목격했던 기록도 같이 사라지게 돼. 자네 말이 맞아. 내 것은 모조품일 수도 있어. 그렇다면 진품을 그대로 둬야만 언젠가 진실이 그 모습을 드러내지 않겠나?"

"그래서 형님이 얻는 건 뭔데요?"

"내가 원하는 것은 진실이야. 그날 아침에 무슨 일이 있었는지 아는 거란 말일세. 하지만 우리가 이 고개를 다시 넘는다면, 그때 일어나는 일은 자네와 내 힘만으로는 막을 수 없단 말이야. 내 말을 이해하겠나?"

"……."

"기다려 보게. 그 반쪽을 찾을 수 있는 기회는 온다네. 반드시!"

그리고 다시 시간이 흘러 2002년 1월이 되었다. 나는 컴퓨터 앞에 앉아서 글자를 두드리고 있었다. 썼다가 지우기를 반복하면서 써내려가는 것은 한 통의 편지였다. 편지의 머리말은 '국사에 바쁘신 대통령님께' 라고 적혀 있었다. 그 편지에서 나는 마지막 용기를 내고 있었다. 지금이라도 이 사건은 해결될 수 있는 충분한 근거를 가지고 있다는 점을 강조했다.

그로부터 4개월이 지난 2002년 4월 나는 ○○경찰서로부터 한 통의 편지를 받았다. 내가 대통령께 보냈던 편지는 민원서류로 분류되어 그 사건의 수사본부를 관할하는 ○○경찰서로 넘겨진 모양이었다.

```
            ○ ○ 경 찰 서

수 사 : 61110-200                        2002. 4.  .
수 신 : 김 가 원 귀하
제 목 : 민원사건 처리 결과 통지

     귀하께서 2002. 1. 16경 대통령비서실에 제기한 민원건에 대하여
당서에서는 동 사건을 아래와 같이 조사 처리하였기 알려 드립니다.
                    - 아           래 -
┌─────────┬──────────────┬──────────┬────────┐
│송     치 │              │          │        │
│         │ 민제 88 호   │송 치 관 서│        │
│일자 및 번호│              │          │        │
├─────────┼──────────────┴──────────┴────────┤
│         │ 내사종결:                          │
│처 리 내 용│ 본건 내사종결 하였음을 알려 드립니다. │
└─────────┴────────────────────────────────────┘
```

봄이 가고 여름이 오고 가을이 가고 또 겨울이 와도 바위 위를 흐르는 물소리는 변함없었다. 나는 그 한 통의 편지로 거대한 좌절의 벽 앞에 서 있는 내 자신을 확인할 수 있었다. 그것도 분명한 문서로 말이다.

제25장
유골로 돌아온 아이들

○○경찰서로부터 그 답장을 받고 정확히 4개월이 지난 2002년 그해 여름, 대한민국은 떠들썩했다. 월드컵 4강 신화가 대한민국 상공에서 화려하게 불꽃 축제로 장식되었다. 뜨거웠던 여름은 그렇게 가고 또 하나의 가을학기가 시작되었다.

2002년 9월 26일 금요일 오후 4시경, 강의실을 빠져나오고 있을 때 한 통의 전화벨이 숨가쁘게 나를 찾았다.

"선생님, 저예요."

"선주? 왜?"

"저 지금 박달재를 넘고 있어요."

"거긴 왜?"

나는 소리를 버럭 질러놓고 얼른 주변을 살피며 목소리를 급하게 낮추었다.

"거긴 가지 말라고 했잖아!"

"놀라지 마세요. 개구리소년으로 추정되는 사체 네 구가 발견됐대요."

"뭐? 너 장난치는 거야?"

"아뇨. 방금 라디오 뉴스에서 들었어요."

"네 구?"

"예. 그래서 지금 그쪽으로 가고 있어요. 운전 중이에요."

"위치는? 여보세요? 위치는?"

나는 숨가쁘게 소리를 질렀다.

"○○산 산자락이래요. 지금 박달재를 넘고 있어요."

"차 돌려!"

"왜요? 하나는 살아 있을 거라는 선생님의 말이 맞잖아요."

"너, 내 말 들어. 차 돌려. 지금 네가 무슨 일을 하고 있는지 내가 나중에 이야기하지. 부탁이야, 차 돌려. 누구든 박달재를 넘는 사람은 용서 못해. 그것은 그 사람과의 약속이었어."

"……."

일방적으로 전화가 끊겼다. 그리고 내내 연락이 없던 선주는 두 주가 지나고서야 나타났다. 우리는 창문이 넓은 한 커피

숍에서 마주앉았다.

"뭐? 자연사?"

"사체가 발견된 첫날부터 저체온에 의한 자연사로 보고 있어요."

나는 시선을 커피잔에 고정한 채 미동도 하지 않았다.

"처음에 사체 네 구가 나왔다는 방송을 듣고 저는 심장이 멎을 뻔했죠. 하지만 그 희망은 다음날 아침에 보기 좋게 깨지고 말았어요. 아침 뉴스에서는 다섯 구가 발견됐다고 하더군요."

"사체 발견에 대해서 그쪽에서 떠도는 말은 없어?"

"이상한 게 하나 있어요. 사체가 발견되기 전날 모 신문사로 제보전화가 왔다는 거예요."

"제보전화?"

"예. 개구리소년 사체가 ○○산 자락에 있다고요."

"그래?"

"예. 그리고 다음날 부근을 지나던 주민에 의해서 우연히 발견되었는데, 정확히 그 장소라고 하네요."

"허….."

나는 한동안 말을 잊었다.

"유전자 검사는?"

"하겠죠."

"어떻게?"

"부모의 혈액과 다섯 유골을 비교하는 식으로 진행되겠죠."

"흐음."

선주는 커피를 한 모금 마시며 창밖을 바라보았다.

"그것이 정확히 일치한다면 선주는 지난 2년간 헛수고한 거네. 그 몽타주도 필요 없게 됐고 말이야."

"그런 셈이죠. 이야기는 아주 그럴싸했는데 말예요."

"비슷했지."

"……."

"아 참, 그 친구는 요즘 뭐 해?"

"누구요?"

"선주를 부지런히 따라다닌다는 남자친구."

"아, 남자친구는 아니에요. 일종의 자원봉사자죠."

"그 친구도 한동안 열심이었는데."

"호호호, 그랬죠. 선생님은 잘 모르겠지만 한때 성수를 찾아내겠다며 그 몽타주를 들고 엄청 쏘다녔죠. 타고난 천성으로 그러고 다니는 것이라 말릴 수도 없고 말린다고 되는 것도 아니었어요."

"하긴….."

"그런데요. 참 기가 막히지 않아요?"

"뭐가?"

"그렇게 온 국민이 애타게 찾아 헤매던 아이들의 사체가 발견됐다는데, 신고를 받은 한 경찰관이 유골을 삽으로 파서 모두 모았다는 거예요. 감식반이 오기도 전에 말이에요."

"이런, 세상에!"

"그래 놓고 처음부터 사망원인이 자연사래요."

잠시 침묵이 흘렀다.

"나는 그곳이 2차 매장 장소라고 생각해."

"그렇게 보는 근거는요?"

"그 사건이 발생한 당시에 '평떼기' 수색을 했다고 하거든."

"알아요. 이번에 현장에 가서 그 주변 마을 사람들에게 물어봤는데 당시에 민간인과 경찰들이 수도 없이 그 지역을 수색했대요."

"일렬로 서서 일정한 면적을 책임지고 쇠꼬챙이로 짚어 가면서 수색했거든. 그것도 수도 없이 했다는 거야. 심지어 ○○산 자락에 있는 저수지 물을 양수기로 다 퍼냈을 정도니까. 그런데 그 당시에 자연사한 다섯 아이의 사체를 발견하지 못했다? 그거야말로 지나가는 소가 웃을 일 아니야?"

"맞아요. 그곳이 1차 매장 장소가 아닌 건 맞아요."

"뭐가 있었어?"

"믿을 만한 기자한테 들었는데요. 아이들의 유골 일부가 발견되지 않았대요."

"그래?"

"머리카락이 없었답니다. 그리고 손톱 일부도 없고요. 아이들이 입고 있던 옷의 일부도 안 나왔다고 그러고요."

"수백 년이 지나도 남는 게 머리카락인데."

"그러니까요."

"그럼 1차 매장 장소에서 옮기는 과정에서 빠뜨린 거라고 봐야겠군."

"그렇죠. 아니면 달리 설명이 안 되니까요."

"……."

"어딜까요? 어디서 그곳으로 옮겨왔을까요? 그리고 왜?"

"어디서 그곳으로 옮겨왔는지는 모르지만 한 가지 분명한 것이 있어."

"뭔데요?"

"1차 매장 장소가 ○○산은 아니라는 거야."

"왜요?"

"생각해 봐. ○○산에서 살해해서 한번 묻은 사체를 파서 다시 ○○산으로 옮길 필요가 있겠어?"

"그렇죠. 그 힘들고 위험한 작업을 할 이유가 없죠."

"그게 뭘 의미하는지 알아?"

"……."

"그 정도는 팍팍 떠야지. 그래 가지고서야 어떻게 범죄심리학을 전공해?"

선주는 샐쭉한 표정을 지은 채 말이 없었다.

"죽은 자는 말이 없다? 사람들은 왜 말을 반대로 하는지 모르겠어. 내 생각에는 산 사람들은 입을 다물고 있고 죽은 사람들이 말을 하는데 말이야."

"아, 생각났어요."

"그래?"

"1차 매장 장소가 ○○산은 아니죠?"

"아니지."

"그렇다면 아이들은 ○○산에서 죽은 게 아니니까… 아이들은 산에 올라가지 않았다는 결론이 나오네요."

"그거야! 지난 11년 동안 그 아이들은 '우리는 산에 가지 않았어요! 우리는 산에 간 일이 없어요!' 라고 외쳤던 거야. 그 울부짖는 소리를 나는 어느 봄날 초저녁 논길에서 들은 기억이 있거든."

"원고에서 읽었어요. 그 소리가 선생님을 여기까지 몰고 온 거죠."

"그래, 맞아! 그때 아이들은 산에 가지 않았어!"

나는 고개를 돌려 창밖을 바라보았다. 긴 세월 이어진 이야기의 결론은 다시 사건이 발생하던 그때로 돌아가고 있었다.

"하, 이제야 이 화려한 가을의 잔치판이 눈에 들어오는군. 마음이 편해졌어."

"왜요?"

"목적의 반은 달성한 거 아닌가? 부모들이 아이들의 유골이나마 찾게 되었으니 말이야."

"그렇게 보면 그렇죠. 부모들 입장에서는 이제야 가슴에 묻은 아이들을 땅에 묻게 되었으니까요."

"이 시간 이후로는 그 사건에 대해서 모든 기억을 지워야겠지. 나는 진정으로 그렇게 되기를 바래."

"그럼 이것으로 그 길었던 이야기는 종결되는 건가요?"

"그런 셈이지. 한 가지 마음속에 남는 것이 있다면… 몇 해 전에 세상을 뜨신 아버지가 생각나는군. 아버지는 아주 특이한 분이셨어. 술, 담배도 전혀 못하시고 택시도 타본 일이 없는 분이셨어. 재래시장에서 평생 작은 가게를 운영하시면서 당신의 모든 것을 바쳐 오직 한 가지 희망을 품고 사셨던 분이었지."

나는 말을 멈추고 잠시 손수건으로 눈가를 찍어 눌렀다.

"그런 아버지가 나에게 남긴 유언이 뭔 줄 알아?"

"……."

"다시는 그런 경솔한 행동을 하지 말라는 말씀이었어. 나는 그것이 반은 질책이고 반은 용서라고 생각하고 있어."

선주도 나도 잠시 동안 말이 없었다.

"내가 그 일에서 손을 떼고 내 갈 길을 찾아갔다면 가슴에 그런 한을 남긴 채 아버지를 보내드리지는 않았을 거야."

선주는 고개를 숙인 채 커피잔을 들여다보고 있었다.

"하지만 나는 아버지의 유언을 버리기로 했어."

"예?"

"물론 경솔하게 천방지축으로 뛰어다니는 것이 좋은 것은 아니야. 하지만 생각만 하고 앉아 있는 것보다는 훨씬 가치 있는 일이라고 생각해. 우리에게 필요한 것은 생각이 아니라 행동이니까."

선주는 말없이 고개를 끄덕였다.

"나는 또 다른 아버지야. 행동하지 말라는 유언을 아들에게 넘겨줄 수는 없어. 그런 유언을 단절하기 위해 누군가 십자가를 져야 해. 마지막으로 내가 할 일은… 이것이 또 한번의 경솔한 행동이라고 해도… 이 모든 과정을 세상에 알리는 거야. 그것이 내가 이 세상에 왔다간 흔적이라고 생각하니까."

나는 힘주어 어금니를 깨물었다.

"온 국민이 그토록 찾아 헤매던 다섯 아이들의 유골이 이상한 모습으로 11년 만에 우리 앞에 나타나서 하는 이야기가 들리지 않니? 안 들려?"

"……."

"우리는 산에 가지 않았어요."

선주의 커다란 눈망울이 어두운 바다에서 길을 알려주는 등대처럼 깜빡거리고 있을 때 나는 창밖으로 붉게 물든 산 정상을 향해 고개를 세우고 있었다.

(끝)

길고 길었던 여정의 끝

지금으로부터 12년 전에 나는 미국 네바다대학교 기숙사에 있었다. 그때 식탁 위에 놓인 어느 한국 신문에서 우연히 눈에 띄었던 '개구리소년'이라는 단어로부터 출발한 그 길었던 이야기를 이제 여기서 마치고자 한다.

그 아이들의 죽음은 이제 더 이상 다섯 가정만의 문제가 아닐 것이다. 그것은 단순한 어린이 실종 사건을 넘어서는 상징적인 의미를 가지고 있기 때문이다.

그 사건이 발생하고 나서 온 국민이 마치 내 자식을 잃어버린 듯이 그 아이들을 찾겠다고 나섰던 일들을 벌써 잊었단 말인가.

우리가 살아가는 동안 중요한 것들이 여러 가지가 있다. 부자가 되는 것도, 성공한 사람이 되는 것도 그중의 하나이다. 하지만 누가 뭐라고 해도 가장 중요한 것은 우리가 낳아서 기르고 있는 아이들이다. 아이들은 우리의 미래요 희망이기 때문이다.

그 부모들이 긴 세월 동안 겪었던 똑같은 고통이 언제든지 내 앞에 닥칠 수도 있다. 긴 세월이 흘렀고 밝혀서 좋을 것 없으니 그 아이들의 죽음을 이쯤에서 잊자는 생각은 우리의 미래를 스스로 포기하자는 말과 다르지 않다.

필자가 개인적인 것을 희생해 가면서 그토록 그 사건에서 눈을 돌릴 수 없었던 이유가 바로 거기에 있다. 지난날 필자의 오판으로 이제는 고인이 된 B씨와 유족에게 씻을 수 없는 아픔을 주었던 점에 대해서 필자는 다시 한번 진심으로 사죄를 올린다. 하지만 그 아이들의 행방을 밝히려고 노력했던 필자 역시 살아서 가혹한 사회적 응징을 받고 있다는 점도 같이 헤아려 주길 바란다.

필자가 지금에 와서 이 책을 내놓는 이유는 누군가를 벌하고자 함이 아니다. 우리 모두가 반성하고, 더 이상 그런 일이 우리 사회에서 일어나지 않기를 바라는 마음에서다. 우리가 정의와 진실을 외면한다면 우리 또한 그것으로부터 보호받지 못할 것이다. 이 글을 읽는 독자들이 그 사실을 기억한다면 더할 나위 없이 행복한 마음이겠다.

2005년 11월

필자 김 가원

아이들은 산에 가지 않았다 2
한 심리학자의 개구리소년 추적기

초판 1쇄 인쇄 2005년 11월 10일
초판 1쇄 발행 2005년 11월 20일
지은이 김가원
펴낸이 김연홍

편 집 안현주 조원미
디자인 성희찬
영 업 김은석 송갑호
관 리 박은미 이세형

펴낸곳 디오네
출판등록 2004년 3월 18일 제 313-2004-00071호
주소 121-865 서울시 마포구 연남동 224-57
전화 02-334-7147 **팩스** 02-334-2068

값 8,800원

ISBN 89-89903-80-7 04810
ISBN 89-89903-78-5 (전2권)

주문처 아라크네 02-334-3887